▶ 学校：皮皮鲁和鲁西西就读的学校。
他们每天带着罐头小人上学。皮皮
鲁还差点被老师驯化成兔子。自从
皮皮鲁发现教室里有隐身人后，就
喜欢上学了。

罗克开的美女加油
站，生意很不错。
（大灰狼罗克·大
灰狼罗克）

扣押学生的信件是违法的，
让皮皮鲁来告诉你吧。（419
宗罪·皮皮鲁和419宗罪）

皮皮鲁主题城市街区图

银红东四区故事场景图

皮皮鲁有两本日记，一本真账记录真实的自己，另一本假账应付老师（梦中人·皮皮鲁日记）

居住在总督办公室的老鼠莫达，在总督下班后悄悄溜出来找吃的。忽然，办公桌上的电话铃响了。铃声吓了莫达一跳，他镇静了一下，定定神，好奇心使莫达拿起了电话。（梦中人·老鼠打电话）

二十一世纪出版社
21st Century Publishing House

皮皮鲁总动员系列丛书
（按汉语拼音顺序排列）

克隆皮皮鲁（克隆皮皮鲁）

皮皮鲁保卫叛逆者（保卫叛逆者）

皮皮鲁分身记（分身记）

皮皮鲁和 419 宗罪（419 宗罪）

皮皮鲁和巴拉娜（巴拉娜）

皮皮鲁和病菌老大（病菌老大）

皮皮鲁和车鼠李小二（车鼠李小二）

皮皮鲁和大灰狼罗克（大灰狼罗克）

皮皮鲁和肥皂订书机（肥皂订书机）

皮皮鲁和罐头小人（罐头小人）

皮皮鲁和红鼻子火车（红鼻子火车）

皮皮鲁和红沙发音乐城（红沙发音乐城）

皮皮鲁和红桃老 K（红桃老 K）

皮皮鲁和幻影号（幻影号）

皮皮鲁和活车（活车）

皮皮鲁和机器猴（机器猴）

皮皮鲁和教室里的隐身人（隐身人）

皮皮鲁和金拇指（金拇指）

皮皮鲁和梦中人（梦中人）

皮皮鲁和魔方大厦（魔方大厦）

皮皮鲁和魔筷（魔筷）

皮皮鲁和沙漠潜艇（沙漠潜艇）

皮皮鲁和蛇王阿奔（蛇王阿奔）

皮皮鲁和舒克贝塔（舒克贝塔）

皮皮鲁和蜘蛛表（蜘蛛表）

皮皮鲁恐怖易位（恐怖易位）

皮皮鲁蒙冤记（蒙冤记）

皮皮鲁逃往雅典娜（逃往雅典娜）

皮皮鲁压缩人生 7 天（压缩人生 7 天）

皮皮鲁遥控老师（遥控老师）

*括号中为皮皮鲁主题城市故事场景图中使用的缩写书名

皮皮鲁总动员
□ 郑渊洁 著

皮皮鲁 和 教室里的隐身人

二十一世纪出版社
21st Century Publishing House

目　录

皮皮鲁外传

——写给男孩子看的童话

皮皮鲁
有话说

你知道地球自转的速度是由什么控制的吗？有一年过春节时，我坐着一个巨型二踢脚炮竹飞上了天，在一朵云彩里我意外地发现了地球之钟。我拨快了地球之钟，结果地球上的人都被转晕了……

A "大火烧出的童话"

终于有一天，在一座图书馆里，男孩子和女孩子都不满意了。他们想，男孩子和女孩子的头发不一样，穿的衣服不一样，说话的声音也不一样，为什么看的书一样？

他们一不满意，就不得了了，一个个嘴撅得挺高，脸涨得通红，把半边天都烧烫了。消防队发现北边的天烧红了，开着救火车赶来，可是到了现场一看，哪有什么火，原来是孩子们在生气。

后来，图书馆的阿姨把我叫去。我一想，也是，怎么早没想到给男孩子和女孩子分着写本书？男孩子和女孩子毕竟不一样。于是，我就答应给他们写两本书，一本给男孩子看，一本给女孩子看。这样，他们才高兴了，笑了。

这不，给男孩子看的童话先写好了。希望男孩子看完后一定保密，千万别传到女孩子耳朵里去，这是纪律。不信你看——

只许男孩子看的童话

《皮皮鲁外传》

绝　密

请女孩子自觉！自觉！！再自觉！！！

这是本书的发行广告，你们一定在电视上见过了。

B　皮皮鲁坐上了"二踢脚"

皮皮鲁今年 12 岁。

他刚生下来时，就把医生吓了一跳！医生用 X 光给小皮皮鲁透视，发现他的胆特别大，像个大馒头似的。后来医生仔细一看，皮皮鲁是个男孩子，他才不那么大惊小怪了。男孩子嘛,胆总要比女孩子的大一些,要不,怎么叫男孩子呢。

皮皮鲁还有一个双胞胎的妹妹,叫鲁西西,她的胆子挺小,小得都看不见。医生同皮皮鲁的爸爸和妈妈商量了一下,把皮皮鲁的胆给了鲁西西一点儿。皮皮鲁和鲁西西一点儿都不知道,要不然,皮皮鲁更该笑话妹妹了。

过春节。

爸爸给皮皮鲁买了许多鞭炮和花炮。皮皮鲁简直成了院里的放炮英雄。他连闪光炮都敢拿着放。别说女孩子,就是男孩子也用吃惊的眼光望着皮皮鲁手里点着了捻儿的花炮。

皮皮鲁最爱当着女孩子的面放炮,看到她们捂着耳朵乱叫的那副样子,他总是把鼻子往上一皱:"哼,胆小鬼!"

"哥哥,让我先过去,你再放,好吗?"皮皮鲁身后传来鲁西西胆怯的声音。

"行啊,你过去吧!"皮皮鲁像将军对待俘虏那样宽宏大量地同意了。

可是当鲁西西刚走了两步时,皮皮鲁点着了一个小炮,扔到妹妹脚旁。

"啪!"

鲁西西吓得连蹦了三下,哭了。

皮皮鲁和男孩子们哈哈大笑:"中弹了!中弹了!"

每逢过春节,女孩子就不敢出门,都怕皮皮鲁这个"炮兵司令"。

"皮皮鲁,你真行!连二踢脚都敢拿着放。"一个男孩子夸奖皮皮鲁。

"这算什么!"皮皮鲁眉毛一扬。他爱逞能,人家越夸他越来劲儿,"我还敢坐二踢脚上天呢!"

"什么?"几个男孩子都不相信自己的耳朵,不约而同地把脑袋凑过来。

"坐二踢脚上天!"皮皮鲁扯着嗓子喊了一声,把几个小伙伴吓了一跳。

"二踢脚这么小,你怎么坐?"不知谁问。

"这……"皮皮鲁为难了。他忽然看见靠在墙上的一根大粗竹竿,眼睛一亮,"有办法了!"

皮皮鲁命令"部下"把竹竿扛来,然后把所有二踢脚里的火药都倒出来,装进竹竿里,再引出一根药捻。他用火柴把捻点着,然后双手抱住竹竿,嘴里大声喊着:"10、9、8、7、6、5、4、3、2、1——起爆!"

只听"轰"的一声,巨大的二踢脚带着皮皮鲁飞上了天空。

皮皮鲁觉得耳旁的风"呼呼"地刮着。他睁开眼睛往下一看,嗬!汽车小得像甲虫,房子像火柴盒,根本看不见人。皮皮鲁觉得头有点晕,不敢往下看了。

二踢脚喷着火,带着皮皮鲁向上飞着……

离太阳越来越近,皮皮鲁有点儿心慌。他听说过,太阳是个大火球,表面就有六千度高温。

皮皮鲁后悔不该逗这个熊,现在可怎么办呢?

C　整个地球都睡着了

皮皮鲁毕竟是男孩子。要是女孩子,也许早就吓哭了,可他一滴眼泪也没掉。他忽然看见下边有一块很大的五彩缤纷的云朵,皮皮鲁把手一松,便掉了下去……

二踢脚笔直地射进了太阳。

皮皮鲁一直往下落。也不知过了多长时间,他觉得好像落在棉花堆里。

皮皮鲁睁开眼睛一看,原来自己落在那朵云彩里。四周飘浮着迷雾般的彩色水珠,两脚就像踩在弹簧床上一样软绵绵的,离皮皮鲁不远的地方有一座圆形的房子。

皮皮鲁定了定神,朝皮球房子走去。还没走到房子跟前,就听到一种挺响的声音:"嘀嗒、嘀嗒……"

皮皮鲁赶忙跑过去,趴在窗户上一看,房子里有一座大钟。原来,声音是从它这儿发出来的。

"有意思,这云彩里哪儿来的钟表?"皮皮鲁自言自语道。

他绕着皮球房子走了一圈,没有找到门。

这难不住皮皮鲁,他跳窗户是能手。皮皮鲁两手扒住窗台,身子往上一跃,"噌"地就进去了。

这钟很大,皮皮鲁还没有表盘最下边那个"6"字的一半高。

屋子里一个人也没有。皮皮鲁看见墙上贴着一张纸，是这样写的：

地球之钟

本钟专门掌管地球旋转的时间，每昼夜走 24 小时。如有误差，可调整钟座后面的快慢控制仪。但必须十分小心！否则，将改变地球的运转时间。

"有这种事！"皮皮鲁小声嘟囔着，"我们老师可没说过地球是靠什么钟控制的呀！"

皮皮鲁走到钟座后面，看见果然有个绿颜色的小盒子。他按了一下盒子上的黄色按钮，盖子慢慢打开了。里面有一个旋钮。旋钮的左边写着"快"，右边写着"慢"。

"让地球转快点儿，一定很好玩。"皮皮鲁心想。他喜欢恶作剧。

皮皮鲁把旋钮往"快"的方向连着转了两圈。想到现在地球上的人弄不清地球为什么突然转快了，他高兴得拍手。

皮皮鲁从窗口跳了出去。他的肚子开始饿了。看见前边有一棵大芭蕉树，他走过去，撕下一片芭蕉叶。

皮皮鲁准备返回地球。

他拿着芭蕉叶走到云彩的边上，双手举起芭蕉叶，跳了下去。芭蕉叶像降落伞，带着皮皮鲁往下飘。

皮皮鲁总算着陆了——尽管摔了个屁股蹲儿，

可他连裤子都不掸一下，爬起来就走。

刚走了两步，他就站住了。皮皮鲁发现，整个大街上没有一个行人，路旁有许多人躺在地上睡觉，汽车司机坐在汽车里睡，售货员趴在柜台上睡……

皮皮鲁用爸爸平时喊他的口气大声喊起来："都什么时候了，还睡觉！快起床，太阳都照屁股喽——"

平时除了星期天外，皮皮鲁都得要等爸爸喊他才起床。

他一连喊了两次，没人理他。

他上前推了推躺在地上的一位叔叔，那位叔叔伸个懒腰，又睡了。

他跑了好几条街，人们都在睡觉。整个地球上的人都睡着了！

皮皮鲁忽然明白了。他拨快了地球之钟，地球就转得快了，人们都被转晕了！

皮皮鲁发现自己闯了大祸。

D 将功赎罪

皮皮鲁看到大家睡在地上，很过意不去，觉得对不起大家。

他跑进一家商店，抱出一大堆枕头。

"这么多人，先给谁枕呢？"皮皮鲁犯难。

他看见一位老爷爷。

"对，先给老爷爷老奶奶枕。"皮皮鲁对自己说。

他走到老爷爷身旁，把老爷爷的头轻轻抬起，对他说："老爷爷，没让您睡好，真对不起。您枕着枕头舒舒服服地睡吧。"

他把枕头垫在老爷爷头下。

整整忙了一下午，总算给整条街的老爷爷老奶奶都垫上了枕头。

皮皮鲁又开始给叔叔阿姨们垫枕头。

他一趟一趟地跑着，累得满头大汗。

总算给叔叔阿姨们垫完了。现在只剩下孩子们了。

皮皮鲁一边擦汗，一边琢磨：先给男孩子垫呢，还是先给女孩子垫？

要在平时，皮皮鲁肯定连想都不想："当然先给男孩子垫喽！"旁边的人越多，皮皮鲁说的声音也会越大。

可现在，旁边一个醒着的人也没有。别看皮皮鲁嘴上讨厌女孩子，心里却不是这样。他挺爱跟女孩子玩，当然这是秘密。正因为这是专门给男孩子看的童话，我才敢泄露这个秘密。

还有一个秘密：皮皮鲁喜欢女孩子的方式和喜欢男孩子的方式不一样。他要是喜欢某个男同学，就跟那个男同学直接热乎，又是抱肩膀，又是轮流当马骑。要是皮皮鲁喜欢某个女同学，方式就不一样了。他欺负得最厉害的那个女同学，就是他最喜欢的女同学。

现在，既然旁边连一个醒着的人也没有，他就得

先给女孩子垫枕头。当然,垫枕头的时候,他说的话可不好听:

"给你个枕头,省得你睡觉想妈妈!"

"馋猫,快抬头!"

"快垫上枕头吧,省得你哭鼻子!"

"一看你就是个怕放炮的胆小鬼!"

"臭美!"

"娇包!"

皮皮鲁一边垫枕头一边嘴里不闲着。

轮到该给男孩子垫枕头,枕头却没有了。

"怎么办呢?"皮皮鲁挠挠头皮,"你们只好互相枕了。"

皮皮鲁把这个男孩子的头放在那个男孩子的肚子上,又把第三个男孩子的头放在第四个男孩子的腿上……

最后只剩下一个男孩子,他的头又放在谁身上呢?

皮皮鲁想了一下,把自己的上衣脱下来,卷成一个团,给男孩子枕上。

这时,天已经黑了。皮皮鲁钻进一辆小卧车也睡着了。

E　他们都怎么啦

皮皮鲁醒来时,发现小卧车在公路上飞奔着。

他连忙坐起来,一位戴着瓜皮帽的司机叔叔一边吹口哨,一边开着车。

"叔叔,你这是去哪儿?"皮皮鲁急忙问。

"去该去的地方!"瓜皮帽叔叔说。

"什么地方该去?"

"该去的地方该去!"

"哪儿是该去的地方呀?"

"该去的地方就是该去的地方呀!"

"……"

皮皮鲁觉得这位叔叔精神不大正常。

他趴在车窗上往外一看,嗬,真热闹!人们都睡醒了。有的唱歌,有的跳舞,有的在讲演。

"他们都怎么啦?"皮皮鲁愣住了,"都疯了?"

"叔叔,你停一下车。"皮皮鲁说。

"没时间,对不起。"瓜皮帽叔叔回答。

"就停一秒钟!"皮皮鲁请求。

"半秒钟也不行,时间太紧。"瓜皮帽叔叔不同意。

"你去干什么?"皮皮鲁问。

"去看运动会。"瓜皮帽叔叔说。

"什么运动会?"

"不知道,刚才广播里听到的,最新式的运动会!"瓜皮帽叔叔兴奋地说。

皮皮鲁一听是去看运动会,也高兴了。他爱凑热闹,哪儿热闹就往哪儿钻。

小卧车在公路上飞奔着,轮子都离开了地面。

"叔叔,您家住哪儿?"皮皮鲁问。

"我家住哪儿？"

"是呀，住哪儿？"

"对呀，住哪儿？"

"……"

皮皮鲁觉得这位司机叔叔真怪。

"您有病吧？"皮皮鲁问。

瓜皮帽叔叔点点头。

"什么病？"

"舌头下垂。"

皮皮鲁还是第一次听说这种病，过去只听爸爸说有"胃下垂"。

"舌头下垂怕什么？有下巴挡着。"皮皮鲁宽慰瓜皮帽叔叔。

"时间长了，下巴多累！"瓜皮帽叔叔说完摸摸下巴，好像在宽慰辛苦的下巴似的。

"真怪！"皮皮鲁心里说。

小卧车前面出现了一座大体育场。体育场门口人山人海。

瓜皮帽叔叔把车停在路旁，和皮皮鲁下车。

皮皮鲁惊讶地发现，有许多人不是朝前走，而是倒着走；有的侧着身子走，像螃蟹似的；还有的边走边翻筋斗。

皮皮鲁平时爱出洋相，但他还从来没见过大人出洋相。

"他们这是怎么啦？"皮皮鲁很纳闷。

F 奇特的运动会

皮皮鲁跟着瓜皮帽叔叔走进体育场，找了个座位坐下来。

运动会开始了。

大会主席宣布："第一届嗑瓜子运动会现在开始！"

"嗑瓜子运动会？"皮皮鲁不相信自己的耳朵。

"是呀，就是嗑瓜子运动会，看谁嗑的快嘛。"瓜皮帽叔叔一边嗑瓜子一边说。

"好玩！"皮皮鲁来劲儿了。

"运动员入场！"大会主席宣布。

喇叭里传出了"噼里啪啦"嗑瓜子的声音，这是《嗑瓜子进行曲》。

一队运动员走进了体育场，有大人，有小孩。皮皮鲁一数，女孩子比男孩子多一个。他感到不公平。

皮皮鲁不顾一切地跑到体育场中央，站在运动员的队列里。

裁判员走过来，说："你来这儿干什么？"

"比赛嗑瓜子呀！"皮皮鲁不怕他。

"你报名了吗？"

"没有。"

"那你不能参加。"

"谁让女孩子比男孩子多呢！"

"那你也不能参加。"

"那我就要参加。"

"你不能参加。"

"我就要参加。"

"你就不能。"裁判员固执地说。

"我就要能。"皮皮鲁平时任性惯了。

裁判员一看说不过皮皮鲁,急得哭了。

"没羞!没羞!"皮皮鲁使劲地用手指在脸蛋上刮着。

"你叫什么名字?"大会主席走过来问皮皮鲁。

"皮皮鲁。"皮皮鲁大声回答。

"你的名字怎么这样怪?"

"我爸爸姓皮,我叔叔也姓皮,我妈妈姓鲁,所以我就叫皮皮鲁。"

"哦,是这样。"大会主席点点头,"好吧,批准你参加比赛。"

皮皮鲁高兴了,冲着裁判员挤挤眼睛。裁判员一看主席同意了,只好把眼泪擦干。

"现在宣布比赛规则。"大会主席说,"每个运动员发十万颗瓜子,谁先嗑完,谁就是冠军!"

"预备——嗑!"裁判员喊道。

只听得一阵"噼里啪啦"、"噼里啪啦",运动员们争分夺秒地嗑着。

皮皮鲁嗑一颗吃一颗,觉得挺好玩儿。可他歪过头一看,好家伙,旁边那个女孩子已经吐了一大堆瓜子皮,自己身边只有一点点。

皮皮鲁急了,说什么也不能落在女孩子后头呀!

他拼命往嘴里塞瓜子,可就是嗑不快。再看那女孩子,两片嘴唇上下翻飞,瓜子皮就像水龙头里的水似的涌泄出来,眼看着把脚埋住了,接着又把腿埋住了……

皮皮鲁再看别的运动员,有的已经被瓜子皮埋住全身,只剩下一个头在外面还不停地嗑着。

观众们起劲儿地嚷着:"加油! 加油!"

皮皮鲁认输了:女孩子嗑瓜子就是比男孩子行!

"干吗开这样的运动会?"皮皮鲁闹不懂。他忽然想起那些大人走路的奇怪姿态,那位瓜皮帽叔叔说话的古怪……

"难道……"皮皮鲁的脑子里闪出了一个可怕想法。他吓坏了。

G　他们都在梦游

皮皮鲁没有想错:人们仍在睡觉,谁也没有睡醒。他们是在梦游。

原来,地球旋转的速度突然加快,人们都被弄得晕头转向,醒不过来,只好在梦中生活。

皮皮鲁怎么不晕呢? 他是在地球转快之后回到地球上的,所以感觉不出来。

现在,全世界只有皮皮鲁一个人是清醒的!

"我真该死!"皮皮鲁骂自己了。他后悔不该乱拨地球之钟,现在怎么办?

人们在平时不敢说的话,在梦中敢说;人们在平时不敢做的事,在梦中敢做。整个地球变成了一个童话世界,什么新鲜事都有。

像"嗑瓜子比赛"这样的运动会不算新鲜,还有"拔头发比赛"、"眨眼睛比赛"、"打喷嚏比赛"、"磨牙比赛"、"撇嘴比赛"……

那些平时做梦都想当官的人,现在都当了大官。他们各霸一方,乱打一气,成立了许多稀奇古怪的国家……

皮皮鲁想,自己要是个女孩子就好了,就不会坐二踢脚上天了,看来胆子大也有坏处——爱惹祸。

"我要去把地球之钟再拨回来!"皮皮鲁下了决心。男孩子嘛,就要敢做敢当。

皮皮鲁现在要找一根粗竹竿,还有一些鞭炮,再做一个二踢脚。

H 误入三眼国

皮皮鲁来到一座城里,走进一家山货铺。

一位四十多岁的男人坐在椅子上抽烟。

"请问,有鞭炮吗?"皮皮鲁问。

那人一抬头,吓了皮皮鲁一跳,他有三只眼睛,两道眉毛中间比一般人多长了一只!他看了皮皮鲁一眼,中间那只眼睛亮了一下红光,于是他不理皮皮鲁。

"有鞭炮吗？"皮皮鲁又问。

还是不理。

这时,进来一个与皮皮鲁差不多大的男孩子。

"有鞭炮吗？"男孩子问。

那人一抬头,中间的眼睛闪出了绿光。他马上笑了,笑得很甜。

"有！有！要多少？"那人问。

"买十个二踢脚。"男孩子趾高气扬地说。

"就来,就来！"那人一边飞快地从柜台后面拿出十个二踢脚,用红纸包好,双手递给男孩子,一边说:"问您爸爸好！问您爸爸好！"

男孩子不耐烦地接过二踢脚。皮皮鲁这才看见,那男孩子也是三只眼,他中间的那只眼睛闪着红光。

"你干吗不理我？"等那男孩子走了,皮皮鲁生气地问售货员。

售货员又看了皮皮鲁一眼, 中间那只眼睛又发出了红光,于是他仍然不理皮皮鲁。

皮皮鲁没办法,只好走出了山货铺。

他抬头一看,街上的人都是三只眼。

皮皮鲁身边有两个人面对面地走过来。其中一个人中间那只眼睛发出了绿光, 他马上笑容可掬地和对面那个人打招呼。可那个人的眼睛发出的是红光,他根本不理冲他点头的这个人。

看着这奇怪的景象,皮皮鲁不明白是怎么回事。

又有两个人走过来了, 他们中间的那只眼睛同时发出了绿光,两个人立刻迎上去拥抱对方,那亲热劲儿就别提了。

"请问您尊姓大名？"

"不敢,贱名溜溜。"

"我叫拍拍,咱们真是一见如故！"

"一见如故,一见如故,哈……"

皮皮鲁愣住了。他还以为他俩早就认识,原来是头一次见面。

"这两位叔叔心肠一定好。"皮皮鲁心里说。

他走过去,对溜溜和拍拍说:"叔叔,你们能帮我找一根竹竿吗？"

溜溜和拍拍同时回过头来。溜溜中间的那只眼睛发出了红光,他一扭头,不理皮皮鲁。拍拍中间的那只眼睛发出了绿光,他笑了,热情地对皮皮鲁说:"你要什么样的竹竿呀？"

"就要这么粗的。"皮皮鲁用手比画了一下。

"有,有,你跟我走吧。"拍拍告别了溜溜,拉着皮皮鲁走了。

"拍拍叔叔,你们这儿的人为什么有三只眼睛？中间那只干吗会发出红绿光？"皮皮鲁边走边问。

"我们这儿是三眼国。我们国家的公民都有三只眼,中间的一只叫势利眼。每当碰见别人的时候,如果势利眼发红光,就是告诉你别理他,这人对你没用。如果势利眼发绿光,就是要你快讨好他,这人对你有用。懂了吧？"拍拍对皮皮鲁说。

"那我对你有什么用呢？"皮皮鲁站住了。

"当然有用啦，你可以使我加薪呀！"拍拍得意极了。

"我怎么能让你加薪？"

"到那儿你就知道了。"拍拍拉着皮皮鲁走。

"咱们去哪儿？"皮皮鲁问。

"去我家，你不是要竹竿吗？"拍拍笑着说。

皮皮鲁只好跟着拍拍走。他们来到一座大门前，门旁有两个警察站岗。

拍拍把皮皮鲁领了进去。

宁死不当势利眼

当皮皮鲁发现上了拍拍的当时，已经晚了。

"报告国王，"拍拍面对国王满脸堆笑，"我抓来一个奸细。"

国王打量着皮皮鲁，他眉毛中间的那只势利眼特别大。

"你、哪？"国王问皮皮鲁。

势利眼国王对没用的人说话很简短，只说几个主要的词。

"你说什么？"皮皮鲁听不懂。

"我来当翻译。"拍拍对国王鞠了个躬，"国王问你，你是从哪儿来的？快说！"

"你们凭什么抓我？"皮皮鲁气愤地问。

"我是便衣警察，当然有权抓你！"拍拍瞪了皮皮鲁一眼。

国王对拍拍说:"你、功、长。"意思是说,你抓皮皮鲁有功,我给你长一级。

拍拍高兴得晕过去两秒钟。

国王对皮皮鲁说:"你、我、人、要、眼。"

拍拍忙翻译:"国王说,你是我国的人了,要安上一只势利眼。"

"我不安!"皮皮鲁觉得势利眼坏透了,他才不当势利眼呢!

国王发怒了,三个眼珠都鼓了出来。

"你、坐。"国王对皮皮鲁喊道。

"坐就坐!"皮皮鲁一屁股坐在地上。

"谁让你坐了?"拍拍急了。

"他让我坐的!"皮皮鲁指指国王。

"国王说,你不安势利眼,就让你坐牢!"拍拍嚷着。

"我死也不当势利眼!"皮皮鲁像个真正的男子汉那样勇敢。别看他平时淘气,关键时刻不含糊。

皮皮鲁被关进了牢房。

J 越狱

牢房里已经关了好多不愿意当势利眼的人。

皮皮鲁的房间里有三个小女孩,她们一见皮皮鲁进来,挺热情的,又是让他喝水,又是让他坐下休息。

皮皮鲁想起自己过去爱欺负女同学,感到不好意思。他见她们和自己一样，都是两只眼睛，心里舒服极了。皮皮鲁讨厌那只势利眼。

"你叫什么名字？"一个小女孩问。

"皮皮鲁。你们呢？"

"我叫田田，她叫瓦瓦，她叫墨墨。"

"你们好！"皮皮鲁头一次向女孩问好。

"你好！"田田、瓦瓦和墨墨一起说。

皮皮鲁心里暗暗发誓，今后再也不欺负女孩子了。

"你真好！"瓦瓦对皮皮鲁说，"我们班上有的男生，见了我们女生就瞪眼睛。好像在女生面前不要耍威风就不算男生似的。哼，这也是势利眼，只不过没长三只眼罢了。"

皮皮鲁脸红了。

"要是男孩子都像皮皮鲁这么和气就好了。"田田也说。

皮皮鲁的脸更红了。

"别说了，你们看，他都不好意思了。"墨墨笑着说。

三个女孩笑起来。

过了一会儿，她们笑累了，就不笑了。

"你是怎么被抓进来的？"墨墨问皮皮鲁。皮皮鲁把经过讲了一遍。

"那个拍拍是便衣警察，坏透了！我们也是被他抓进来的。他抓一个人，国王就给他升一级。"田田愤愤不平地说。

"我们应该想办法逃出去。"皮皮鲁说。

"我们逃了几次,都没成功。"墨墨伤心地说。

看着门上的铁栏杆,皮皮鲁想出了一个办法。

"有办法了。"他小声告诉三个伙伴。

"好是好,可你多受罪呀?"瓦瓦不忍心了。

"没关系,我身体好!"皮皮鲁拍拍胸脯。

皮皮鲁要把自己饿瘦了,然后从铁栏杆的缝儿里钻出去,偷来看守的钥匙,打开牢门……

一天过去了,皮皮鲁没吃饭。

两天过去了,皮皮鲁还没吃。

他饿得两眼直冒金星,但他咬牙坚持着,只差一点儿就能钻出去了。

皮皮鲁三天没吃饭,他的身子瘦成了一条儿。

这天夜里,看守睡着了。

皮皮鲁从铁栏杆里钻出去,从看守兜里偷得钥匙,把所有的牢门都打开了。当他打开最后一扇牢门之后,饿得昏过去了。

K 皮皮鲁当了"部长"

皮皮鲁醒来时,看见许多人围在他身边,有田田、瓦瓦、墨墨,还有好多不认识的人,反正都是两只眼睛。

"你真勇敢!"田田红着脸说。

"好样的,像个男孩子!"一位叔叔拍拍皮皮鲁的脸蛋儿。

皮皮鲁平时爱听表扬的话,现在不知怎么搞的,他倒有点不好意思了。

月光像一层白纱,温柔地盖在他身上。

人们把最好的食物给皮皮鲁吃。没过多久,他的身体就恢复成原来的样子。

"咱们应该离开三眼国。"瓦瓦说。

"到处都是警察!"墨墨为难地说。

"有办法了!"皮皮鲁眼睛一眨巴,想出了一个主意,"他们不都是势利眼吗? 咱们就让他们吃吃势利眼的亏。"

皮皮鲁把自己的主意告诉大伙,大伙儿都觉得太妙了。

墨墨立即找来一张大纸,裁成许多小方块,每人分一张。

"你写什么?"瓦瓦问皮皮鲁。

皮皮鲁想了一会儿,在纸上写上:

部　长

"你呢?"皮皮鲁问瓦瓦。

瓦瓦已经写好了,皮皮鲁一看:

局　长

大家都写好了,有的写"主任",有的写"宰相",还有"副国王"、"秘书长"、"司令"、"将军"……反正都是大官。

大家把纸条都别在自己的胸前。

"这办法行吗？"田田问皮皮鲁。她有点怀疑。

"没问题！"皮皮鲁胸有成竹地说，"势利眼不怕刀，不怕枪，就怕这些牌子！"

"他们就那么傻？看见我们是小孩，还会相信我们是什么'部长'、'局长'？"田田还是担心。

"势利眼才不认人呢！他们就认牌子。"瓦瓦抢着说。

"好了，咱们分头走吧，保险没事。"皮皮鲁说。

天亮了，太阳出来了。

"咱们四个一块走吧。"瓦瓦对皮皮鲁、田田和墨墨说。

四个小伙伴往城门口走去。

"你们看，拍拍来了！"田田用手指着前面说。

"别怕，咱们迎过去。"皮皮鲁走在最前面。

拍拍一见皮皮鲁，先是一愣，可他脸上的势利眼发出了绿光！于是拍拍满脸堆笑，冲着皮皮鲁鞠了一个90度的大躬："部长，您好！拍拍给您请安！"

皮皮鲁想笑，忍住了。

拍拍看见皮皮鲁身后的瓦瓦、田田和墨墨，他的势利眼连续闪了三次绿光！

"啊，局长！啊，主任！！啊，宰相！！！"看着这么多大官，拍拍不知该怎么办才好。他干脆跪在地上磕起头来。

皮皮鲁、田田、瓦瓦和墨墨大摇大摆地走过去了,身后还传来"嗵、嗵"的磕头声。

这时,整个大街都轰动了。

人们看见皮皮鲁他们以后,眼睛都发出了绿光。由于人多,那绿光连成一片,把半个天都映绿了。

人们把皮皮鲁、瓦瓦、田田、墨墨团团围住。

"部长,请您到我家吃饭吧!"

"局长,请您赏个脸吧!"

"主任……"

"宰相……"

皮皮鲁被两个人拽着胳膊走。他仔细一看,左边是溜溜,右边是山货铺的售货员。

"部长,去我家吧!"溜溜说。

"部长,去我家吧!"售货员说。

皮皮鲁哭笑不得。

溜溜和售货员对看了一眼,溜溜的势利眼发出了红光,售货员的势利眼发出了绿光。于是,溜溜大骂起来:"滚开!"

售货员乖乖地溜了。

皮皮鲁现在才明白,在势利国当官真是活受罪。也不知田田、瓦瓦和墨墨被拽到什么地方去了。

L 在溜溜家作客

"您一定得去我家,"溜溜对皮皮鲁说,"我们全家都在恭候您。"

皮皮鲁一点办法也没有,只好去溜溜家。一路上不知有多少人给他鞠躬，他的耳边不停地响着："部长好！科长好！"

皮皮鲁这才知道溜溜是个科长。

走进溜溜家，溜溜的夫人和儿子先是坐着不动，待绿光闪过之后，才大惊失色地站起来。

"哎呀，欢迎您，高贵的部长！我是多么荣幸呀！"溜溜夫人一张嘴，满屋子酸味，差点把皮皮鲁熏晕了。

"部长叔叔，您好！"溜溜的儿子明明比皮皮鲁年龄大，却管他叫"叔叔"。

"混蛋！叫爷爷！"溜溜打了儿子一个耳光。然后对皮皮鲁赔着笑脸，"犬子不懂事，请部长多多原谅！"

"部长爷爷，您好！"溜溜的儿子一边摸着被打红的脸，一边向皮皮鲁鞠躬。

皮皮鲁瞪了溜溜的儿子一眼，他觉得这小子真给男孩子丢脸，小小的年纪就当势利眼。

"您千万别生气，快请坐！"溜溜夫人的势利眼不停地闪着绿光。

皮皮鲁大摇大摆地往沙发上一坐，只见溜溜和夫人"扑通"一声就给他跪下了。

"部长若不嫌弃，收下我这个干儿子吧！"溜溜一边磕头一边说。

"请您也收下我这个干儿媳妇！"溜溜夫人紧接着说。

"不要。"皮皮鲁摇摇头。

溜溜和夫人对看了一眼。夫人马上爬起来,从柜子里拿出5条烟、7瓶酒、24筒罐头、30盒巧克力,放在皮皮鲁面前。

"这是干儿子的一点心意!"溜溜往皮皮鲁兜里塞烟。

"您就赏儿媳妇一个脸吧!"溜溜夫人一边喷着酸气一边说。

皮皮鲁实在受不了,觉得不如待在监牢里舒服。他眉头一皱,悄悄把手伸到胸前,撕下那张"部长"纸牌。

溜溜和夫人正苦苦哀求皮皮鲁当他俩的干爹,突然势利眼发出了红光。

溜溜和夫人"腾"地一下从地上蹦起来,指着皮皮鲁破口大骂:"你是从哪儿来的?小叫花子,敢进我们家偷东西!"

溜溜和夫人向皮皮鲁扑过来,皮皮鲁跳到沙发后面。他俩扑了个空,由于使劲太大,趴在沙发上起不来了。

皮皮鲁急忙跳窗户跑了。

M 拔刀"相助"

皮皮鲁总算逃出了势利国。他实在累极了,坐在一棵大树下休息。

"瓦瓦她们被拽到哪儿去了?"皮皮鲁不安地对自己说,"我得去救她们!"

他站起身来，可又一转念，现在最紧急的是要把地球之钟拨正时间。

到哪儿去找二踢脚呢？

皮皮鲁往四面张望。

突然，南边传来了哭声和笑声。

皮皮鲁好奇地跑过去，只见六个男孩子拿着木棍当马骑，追赶三个小女孩。

小女孩吓得哇哇大哭，"骑兵"们却在后面哈哈大笑。

要是往常，他早就加入到"骑兵"的队伍里去了。可现在，他生气地大吼一声："不许欺负女孩子！"

"骑兵"们吓了一跳，回头一看，皮皮鲁只有一个人，才又神气起来。

"向着女孩子，真没出息！"一个"骑兵"说。

"哈哈哈……""骑兵"们都笑了。

"欺负女孩子才没出息呢！"皮皮鲁双手往腰里一叉，"我看你们谁还敢欺负她们！"

三个女孩子看见皮皮鲁给她们撑腰，就不哭了，一起躲到皮皮鲁身后。

"你们是不是想跟她们玩呀？"皮皮鲁想起自己以前欺负女孩子的"奥秘"来了。

"她们是女的，谁爱跟她们玩？"一个"骑兵"把嘴一撇。

"假话！"皮皮鲁不相信地说。

"真话！""骑兵"嘴硬地说。

"就是假话！"

"就是真话！"

"那好吧，你能一分钟不眨巴眼睛，就证明你说的是真话；不然，就是假话。"

"骑兵"们一想，一分钟不眨巴眼睛算什么，就同意了。

"预备——开始！"皮皮鲁宣布。

那个"骑兵"把眼睛瞪得大大的。

"1、2、3、4、5、6……"皮皮鲁数着。

刚数到15，"骑兵"的眼皮就酸了，终于眨巴了一下。

"假话吧！"皮皮鲁高兴了，"我就知道你们想和她们玩。玩就好好玩呗，干吗欺负人呀！"

"骑兵"们没话说了。他们早就想和女孩子玩，可又不好意思，只好用这种办法玩。

皮皮鲁回头对三个女孩子说："去和他们玩吧。他们不会欺负你们了。"

"我的马给你骑吧！"

"我的马给你骑吧！"

"骑兵"们争先恐后地把自己心爱的"战马"送给女孩子。

要不是有事，皮皮鲁真想和他们一起玩。

N　皮皮鲁要给一二三四五总统治病

皮皮鲁告别了"骑兵"和女孩子，沿着公路往前走。

他看见路边一棵树上挂着一面大广告牌，上面贴着一张告示,有好多人围着看。

皮皮鲁挤进去一看,告示写道:

告　示

　　本总统身患开会上瘾症,痛苦万分,昼夜不眠。有能治愈此病者,给以重赏,说话不算数是小狗。

总统:一二三四五(签字)

皮皮鲁想:"只有我能治好他的病。"于是,他把告示揭下来,走进了总统宫。

一二三四五总统听见侍从报告说,有个孩子能治他的病,马上停止了开会,出来接见皮皮鲁。

"你能治好我的病?"一二三四五总统看着皮皮鲁,有点不相信。

"当然能。"皮皮鲁说,"不过你得给我一根粗竹竿和一些鞭炮。"

皮皮鲁刚说完,就发现一二三四五总统脸色变了,他的胸脯急剧地起伏着,像个风箱。

"快! 快……快……开……会……我……的……病……犯……了……"一二三四五总统气喘吁吁地说。

立刻,从外面跑进来好多手拿椅子的大臣,一排一排地坐在一二三四五总统面前。

"现……在……开……会……"一二三四五总统宣布。

大臣们都把鞋子脱掉,用脚心鼓掌。

"请发言!"一二三四五总统胸脯平静下来。

"请问总统,今天开什么会?"一个大臣站起来问。

"今天的会嘛……第一, 讨论今天开什么会;第二,讨论为什么开这个会;第三,研究怎样开这个会;第四,研究怎样才能开好这个会;第五, 总结。"一二三四五总统说。

大臣们你一言,我一语地说起来。

有的说:"这次会讨论嘴为什么爱吃东西吧。"

有的说:"我看还是研究耳朵为什么爱听好话吧。"

有的说:"屁股干吗爱和椅子亲嘴呢? 这问题应该讨论讨论。"

听到大臣们热烈的发言, 一二三四五总统得到了极大的享受,浑身舒服极了。

"会议到此结束。"一二三四五总统宣布。

大臣们赶快脱下鞋子鼓掌。

"你刚才说要什么?"等大臣们都退场后,一二三四五总统问皮皮鲁。

"要一根粗竹竿和几挂鞭炮。"

"竹竿能治我的病?"一二三四五总统还是不相信。

"能治。"皮皮鲁说。

突然一二三四五总统的脸色又变了, 他的会瘾又犯了!

"开会! 快开会!! "总统喊着。

等候在门外的大臣们搬着椅子蜂拥而进。

"开会！"一二三四五总统喘着气宣布。

脱鞋。鼓掌。

皮皮鲁看到这情形，悄悄溜出了总统宫。

〇 屁股上磨出了茧子

街上行人很少。商店都不叫商店，而叫"百货会议"，"副食会议"，"蔬菜会议"，还有"小吃会议"，把皮皮鲁的眼睛都看花了。

这个城市里的人差不多都得了开会上瘾症。他们天天开会，越开越想开，越开越爱开，什么事也不干，什么事也干不了。

他们开的是些什么会呢？

皮皮鲁十分好奇，想要看个明白。他马上走进了一个大礼堂。礼堂里正举行十万人大会。

皮皮鲁一看，有五分之一的人在掏耳朵，有五分之一的人在挖鼻孔，有五分之一的人在抠脚趾头，有五分之一的人在打呼噜，还有五分之一的人在聊天。

主席台上有一个瘦高个子在发言，他说："这个这个嘛，因为，所以，这个这个嘛，所以，因为，这个这个嘛……"

他的讲话不时被掌声打断。

皮皮鲁等瘦高个讲完话后，就走上主席台，对大会主席说："我想发言。"

"你是谁？"

"我是皮皮鲁。"

大会主席说:"好,现在我们开会研究一下。"

于是,上来好多工作人员,把大会会标换成了——

研究让不让皮皮鲁发言大会

这个大会整整开了40天。开会期间,尽吃好东西,怪不得他们都爱开会呢。

皮皮鲁可受不了,他的屁股上磨出了两个大血泡。别人的屁股上都有一层三寸厚的茧子,所以坐多长时间也不疼。

大会终于做出了决议:同意皮皮鲁发言。

可是皮皮鲁够不着麦克风,他请求让他站在椅子上发言。

大会主席决定开会讨论这件事。

上来许多工作人员,把大会会标换成了——

讨论让不让皮皮鲁站在椅子上发言大会

大会开了60天,皮皮鲁的屁股上也磨出了厚厚的茧子。

第61天上午,大会做出决议:同意皮皮鲁站在椅子上发言,但不能超过五秒钟。

皮皮鲁像百米赛跑一样跳到椅子上,一口气说道:"请大家给我找一根粗竹竿和几挂鞭炮。"他的讲话只用了两秒钟。

"现在开会研究皮皮鲁的要求。"大会主席宣布。

30 天过去了,50 天过去了,80 天过去了,会还没开完。

皮皮鲁等不及了。这么长时间,天知道地球上又发生了什么事!

皮皮鲁离开了大礼堂,来到街上。

P 学会了开车

一辆小卧车开过来,皮皮鲁觉得司机挺面熟,仔细一看,是瓜皮帽叔叔。

瓜皮帽叔叔也认出了皮皮鲁,来了个急刹车。

"皮皮鲁,你怎么在这儿?"瓜皮帽叔叔从车里探出头。

皮皮鲁做了个鬼脸,耸耸肩膀:"我不知道。"

"你现在去哪儿?"

"不知道。"

"那跟我上车吧!"瓜皮帽叔叔打开车门。

皮皮鲁钻了进去。

小卧车向前方驶去,车窗两旁的树木和建筑物向后退着……

"你去哪儿?"皮皮鲁问。

"哪儿热闹去哪儿!"瓜皮帽叔叔兴奋地说,"这些天过得真痛快,也不上班,每天开着车到处逛。"

皮皮鲁羡慕地望着瓜皮帽叔叔,他真想学开车。

"你能教我开车吗?"皮皮鲁说完又后悔了,哪儿有这么小就学开汽车的！

"当然可以！"瓜皮帽叔叔把车开到一段平坦的大路上，停下来。

皮皮鲁只学了一刻钟就会开了。

现在是皮皮鲁开着车，瓜皮帽叔叔坐在旁边。小卧车向前飞奔着。

"看不出，你脑子还挺聪明，嗑瓜子可不快呀！"瓜皮帽叔叔想起皮皮鲁在嗑瓜子运动会上出洋相。

皮皮鲁笑了。

"叔叔，你知道哪儿有粗竹竿吗？"

"要粗竹竿干什么？"

"有大用处。"

"我帮你找。"

皮皮鲁把小汽车开得飞快，一会儿就开到了地球的西边。

皮皮鲁看见前边有一座小城镇，就使劲儿踩了一下油门，小卧车快得像飞起来一样。

Q 奇奇市长爱听什么歌

四个带枪的士兵站在路中间，拦住了小卧车。

皮皮鲁把车停住。

"出来！"一个士兵走过来，冲皮皮鲁和瓜皮帽叔叔喊。

"干什么？"瓜皮帽叔叔问。

"唱歌！"那个士兵大声说。

"唱歌?"皮皮鲁和瓜皮帽叔叔都觉得新鲜。

"唱得好就放你们过去,唱不好就扣下练习。"士兵一点开玩笑的意思也没有。

"真好玩!"瓜皮帽叔叔高兴了,对皮皮鲁说,"咱们去唱,我是公司里有名的男高音。"

皮皮鲁和瓜皮帽叔叔被带进了路旁的一间大房子。

屋子正中央坐着一个大胖子,穿戴得整整齐齐,很有风度。

皮皮鲁一看他的脸,吓了一跳。

是一只狗熊!

"奇奇市长,这两个人的歌声请您检查。"士兵说完走出去了。

奇奇市长按了一下电铃,从后门进来一队夹着黑色皮包的人,他们都穿得干干净净,整整齐齐,皮鞋亮得晃眼。

皮皮鲁仔细一看,有狐狸、有狼、有豹、有狗……

原来,动物园的动物们都出来梦游了,而且还当上了大官。

"我来介绍一下。"奇奇市长指着狐狸说,"这是贪污部的部长,专管贪污。他叫没没够。"

奇奇市长指了指狼,说:"这是掠夺部的部长,叫盗盗。"

奇奇市长又指指豹子:"他是宴会部部长,叫无底洞。"

"我来自我介绍。"狗站起来说,"我是音乐部部长,叫多来米法索拉西多。"

"现在你们开始唱吧。唱得好听,就放你们过去。唱不好,就关起来练习。"

奇奇市长说。

瓜皮帽叔叔清了一下嗓子,唱起来了。

皮皮鲁听得入了迷。瓜皮帽叔叔的歌声美极了。

"不许唱了!"奇奇市长大怒,"什么烂歌,难听死了!"

"难听死了!"没没够部长说。

"难听死了!"盗盗部长说。

"难听死了!"无底洞部长说。

"简直不是歌!"多来米法索拉西多部长说。

这时,窗外传来一阵驴叫。

"哎呀,多好听的歌!"奇奇市长像喝醉了酒一样,竖起耳朵听着。

"多好听呀!"没没够说。

"多好听呀!"盗盗说。

"多好听呀!"无底洞说。

"这才叫艺术呢!"多来米法索拉西多摇头晃脑地说。

"现在你唱吧!"奇奇市长对皮皮鲁说。

皮皮鲁知道,要是他学一阵驴叫,就能马上被放走,可他不愿意。他像所有有骨气的男孩子一样,不做自己认为不对的事。

皮皮鲁唱了一支最好听的歌。

奇奇市长和部长们把耳朵都堵起来，他们简直受不了，太难听了。

"多来米法索拉西多部长，你带他们去学歌，什么时候唱好了，什么时候再放他们走！"奇奇市长命令。

R　多来米法索拉西多唱的歌真难听

皮皮鲁和瓜皮帽叔叔跟着多来米法索拉西多部长来到一个大厅，大厅里坐着好几百人。

多来米法索拉西多部长走到大厅中央，对大家说："现在，我教你们唱歌。这是世界上最好听的歌。谁学会了，谁就可以得到自由。"

多来米法索拉西多部长说完就唱起来。

"汪！汪！汪汪汪汪汪！汪！汪汪汪！"

大家都笑了。这哪儿是什么歌，分明是狗叫。

多来米法索拉西多部长以为大家在夸奖他唱得好，更来劲儿了："汪汪汪汪汪汪汪汪汪！汪汪！汪汪汪汪汪汪汪汪！汪汪！……"

皮皮鲁把眼泪都笑出来了。

"现在，我唱一句，你们跟着学一句。"多来米法索拉西多部长说。

"汪汪！"

"……"

"汪汪！"

"……"

谁也不跟他唱。

"你们为什么不唱？"多来米法索拉西多急了。

"不——好——听——"大家一起喊。皮皮鲁的声音最大。

"胡说！这是世界上最好听的歌，你们都是笨蛋！"多来米法索拉西多骂人了。

皮皮鲁跳到凳子上，对大家说："我们请瓜皮帽叔叔唱支歌好不好？他的歌才好听呢。"

"欢迎——"

大家一边喊一边鼓掌。

瓜皮帽叔叔站起身，瞪了多来米法索拉西多一眼，然后唱起来。

他的歌声那么优美，那么动听，深深地打动着人们的心。尤其是在刚听完一阵狗叫后，再听这么美好的歌声，人们都陶醉了。

"不许唱！不许唱，难听死了！"多来米法索拉西多部长急了，大叫着。

谁也不理他。

"汪汪！汪汪汪汪！汪汪！汪汪汪汪！"多来米法索拉西多部长用自己的歌声和瓜皮帽叔叔的歌声对抗。

大家一听多来米法索拉西多也唱了，就都帮着瓜皮帽叔叔唱，声音可大呢，把多来米法索拉西多的狗叫给压没了。

皮皮鲁真高兴，他站在凳子上，给大家打拍子。

多来米法索拉西多捂着耳朵，倒在地上。

S　弄不断的纸手铐

奇奇市长带着没没够部长、盗盗部长、无底洞部长赶来了，还带了许多士兵。

他们脸上都戴着防毒面具，耳朵上套着防毒耳罩，要不然，他们会被这歌声气晕的。

多来米法索拉西多部长一看奇奇市长带着大队人马来了，立刻从地上爬起来，气势汹汹地指着皮皮鲁对奇奇市长说："就是那个皮皮鲁，就是他挑动闹事！"

奇奇市长命令两个士兵把皮皮鲁抓起来。

"你们凭什么抓我？"皮皮鲁一边挣扎一边喊。

"你们凭什么抓皮皮鲁？"大家一起喊。

"他带头唱这么难听的歌儿，就要抓！"奇奇市长说。

盗盗部长从皮包里拿出一张逮捕证，递给奇奇市长。

奇奇市长从兜里掏出一盒印泥，伸出舌头在印泥上舔了一下，然后把舌头往逮捕证上一按，盖好了一个章。原来，奇奇市长的舌头就是他的章。

盗盗部长把逮捕证递给皮皮鲁看。

皮皮鲁一看，逮捕证是这样写的：

皮皮鲁总动员

> ### 逮 捕 证
> ### 第 10078023 号
>
> 　　皮皮鲁唱歌太难听，严重危害本市长和各位部长的健康。为了社会的安全，经本市长批准，逮捕皮皮鲁。
>
> **市长：奇奇**

　　"给他戴上手铐！"奇奇市长命令。盗盗部长从皮包里拿出一张纸条。围着皮皮鲁的两只手腕绕了一圈，然后用糨糊粘上。

　　皮皮鲁一看，纸条上写着：

　　　　多来米法索拉西多唱的歌难听

　　他不明白这是什么意思。

　　"你要是把这张纸条撕破了，就说明你认为多来米法索拉西多部长唱的歌好听！"奇奇市长对皮皮鲁说。

　　"我就不撕！"皮皮鲁大声说。

　　"那你就永远被铐着！"盗盗部长恶狠狠地说。

　　"我宁愿永远被铐着，也不承认狗叫是好歌！"皮皮鲁倔强地说。

　　大家都给皮皮鲁鼓掌。瓜皮帽叔叔伸出大拇指："好样的，皮皮鲁。像个男孩子！"

　　这时，无底洞部长小声对奇奇市长说："市长，宴会时间到了。"

"这是今天的第几号宴会呀？"奇奇市长眯起眼睛问，一滴口水从他嘴角流下来。

"第231号。"无底洞部长翻了一下记事本，告诉奇奇市长。

"让他们好好练歌。把皮皮鲁带走！"奇奇命令道。

T　管子宴会

皮皮鲁跟着奇奇市长他们走出了大厅。

"我们把皮皮鲁关在哪儿呀？"盗盗请示奇奇市长。

奇奇市长想了一会儿，说："关在哪儿我都不放心，就让他跟着我们吧！"

于是，皮皮鲁跟着奇奇市长来到了宴会厅。

这个宴会厅真怪，没有桌子，没有碗筷，只有五只大粗管子。

"请你先入席。"无底洞部长冲奇奇市长鞠了一躬。

奇奇市长走到 1 号粗管子跟前，坐在沙发上，把粗管子插进嘴里。

盗盗、无底洞、没没够和多来米法索拉西多也陆续入席。

宴会开始了。

只听大粗管子"咕噜咕噜"响起来，好吃的东西顺着管子源源不断地流进奇奇市长和部长们的肚子里。

那食物的怪味熏得皮皮鲁睁不开眼。他想用手揉揉眼睛，可双手被铐着，不敢动，生怕那纸条撕破了。

奇奇市长的饭量不大，吃了十秒钟就饱了——一秒钟管子里只流出20公斤食物。

无底洞部长最后一个吃完。

"报告！"一个士兵走进来。

"什么事？"奇奇市长问。

"那些关在大厅里的人要吃饭，他们五天没吃东西了。"

"他们要是不唱歌，就饿死他们！"奇奇市长瞪大眼睛说。

没没够部长转了一下眼珠，对奇奇市长说："咱们往馒头里掺上辣椒面，给他们吃，把他们的嗓子都辣坏了，唱的歌不就好听了么？"

"哎呀，你真聪明，"奇奇市长拍拍没没够的头，"我提升你为副部长！"

没没够一听"提升"他为副部长，愣了一下，小心地问："市长，副部长是降了呀！"

奇奇市长也发觉自己说错了，但他想起市长是不会犯错误的，于是他对没没够说："父部长就是部长的父亲，当然是升了！"

没没够一听自己能当自己的爸爸，高兴了。他荣幸地当上了父部长。

"快去在馒头里掺上辣椒面，给他们吃！"没没够父部长新官上任三把火,对士兵下了第一号命令。

U　盗盗咬掉了没没够的鼻子

"这个没没够父部长真坏!"皮皮鲁在心里骂道。他下决心要把没没够父部长的阴谋告诉瓜皮帽叔叔他们。

可是每个门都有士兵把守,怎么出去?

这时,只见盗盗部长凑到奇奇市长跟前,说:"没没够可坏呢! 有一次,他在背后骂您,说您笨得像狗熊,什么也不懂。"

盗盗看见奇奇市长给没没够升官了,就来使坏了。

奇奇市长一听,眼珠鼓了出来。

没没够忙凑到奇奇市长跟前:"尊敬的市长,有一天,盗盗对我说,您是靠拍马屁当上市长的。我说不是,您明明是靠说假……您明明是靠说假……"没没够发觉自己说漏了嘴,不敢往下说了。

"说假什么?"奇奇市长盯着没没够父部长问。

"您是靠说假话一句没说当上市长的。"没没够吓得汗都出来了。

"这还差不多。"奇奇市长满意了。

"没没够是在骂您哪。说您'说假话一句没说'意思是只有'一句没说',其他都是假话! "盗盗又在奇奇市长面前挑拨。

"这是真的吗?"奇奇市长冲着没没够要发火。

"您别听盗盗的,他还说您死了他好当市长呢。"

没没够也急了。

盗盗部长再也忍不住了,从腰里拔出两把匕首,往嘴里一插,朝没没够父部长扑过来。

没没够父部长也不示弱,掏出两只鞋,穿在手上,伸手就打了盗盗部长一个耳光。

奇奇市长哈哈大笑,他就爱看部下打架。无底洞和多来米法索拉西多在一旁幸灾乐祸。

盗盗部长挨了一记耳光,眼珠都气绿了。他大嘴一张,露出两把闪亮的匕首。

一步步朝没没够父部长逼过来。

没没够父部长狡猾地躲在皮皮鲁身后。

盗盗部长朝皮皮鲁扑过来。没没够躲在皮皮鲁身后笑。皮皮鲁看见盗盗扑过来,朝旁边一闪,盗盗就把没没够抓住了。

"我比你官大!"没没够父部长一边挣扎一边喊。

盗盗部长一口把没没够父部长鼻子咬了下来吃了。

没没够父部长疼得昏过去十秒钟。

"好吃吗?"奇奇市长咽了一下口水,问盗盗部长。

"淡了点儿,要是放些盐,再加点味精就好了。"盗盗部长一边吃一边说。

"咱们下一个宴会就吃鼻子吧,多放点儿味精。"奇奇市长扭头对无底洞部长说。

无底洞部长赶忙掏出记事本,写上了。

V 追回辣椒馒头

没没够父部长躺在地上哭了，他的脸上少了一个鼻子，多了一个大洞，流着血。

"谁会治病？"奇奇市长看着没没够父部长挺可怜他。

皮皮鲁一看这可是个好机会，就说："我会。"

"那你快给没没够治吧！"奇奇市长说。

"可是我的手没法动呀！"皮皮鲁说。

奇奇市长让多来米法索拉西多部长给皮皮鲁打开手铐。

多来米法索拉西多部长早就恨那张纸条，两下就把手铐撕了个粉碎。

"去拿辣椒面来！"皮皮鲁对士兵说。他要治治没没够。

"拿辣椒面干什么？"奇奇市长问。

"治病呀！"皮皮鲁一边揉着发痛的胳膊一边说。

"辣椒面能治病？"奇奇市长吃了一惊。

"当然能治。"皮皮鲁说，"没没够就是专门往馒头里掺辣椒面，给我们治嗓子。"

"快去把馒头都要回来，不许给他们吃！"奇奇市长大声吼着命令无底洞部长。

无底洞部长窜了出去。

没没够想说话，可是鼻子掉了，漏风，说不出来。

一个士兵拿来了一包辣椒面,递给皮皮鲁。皮皮鲁把辣椒面都撒在没没够父部长的伤口上。没没够父部长昏了过去。

"我宣布:逮捕没没够,撤销他的父部长职务!"奇奇市长说。

盗盗部长高兴得直咧嘴,赶忙从皮包里拿出一张逮捕证,递给了奇奇市长。

奇奇市长打开印泥盒,用舌头舔了一下,在逮捕证上盖了章。

没没够被士兵拖下去了。

无底洞部长满头大汗地跑回来,气喘吁吁地向奇奇市长报告:"馒头都追回来了,一个也没被他们吃掉。"

"太好了!"奇奇市长拍着手说。

"太好了!"皮皮鲁也拍着手说。

W 把女孩子从后门放跑了

"你怎么也拍手?"奇奇市长问皮皮鲁。

"我高兴呀!"皮皮鲁说。

"这么说,你投降我们啦?"奇奇市长恍然大悟。

皮皮鲁没理他。他正盘算着到哪儿去找竹竿和鞭炮。

"我宣布:任命皮皮鲁为贪污部部长,接替没没够的职务。"奇奇市长说,"现在,给你 10 个士兵,去把学校里的女孩子抓 20 个来,我要揪她们的辫子玩。"

皮皮鲁一听,这倒是个溜走的好机会,就答应了。

皮皮鲁带着十个士兵离开了宴会厅。

他本来打算马上逃走,可又一想,揪辫子够疼的,他恨死了这个奇奇市长,决定救救那些女孩子。

到了学校门口,皮皮鲁对士兵们说:"你们在这儿等着,我进去看看。"

士兵们绝对服从部长的命令,老老实实地站在门外。

皮皮鲁来到教室,把奇奇市长要揪女孩子辫子的消息告诉了同学们。

女孩们都吓哭了。

"你们别怕,有我呢!"皮皮鲁拍拍胸脯。他忽然想起自己从前也揪过女孩子的辫子,不禁脸红了。

"你们都从后门跑吧。"皮皮鲁对女孩子们说。

女同学们收拾好书包,都从学校的后门出去了。

皮皮鲁走出学校对士兵说:"哪儿有什么女孩子? 全是男孩子! "

士兵们不信,进去一看,果然全是男孩子。他们只好跟着皮皮鲁回去了。

走着走着,皮皮鲁眼睛猛然一亮:他看见停在路旁的小汽车。

皮皮鲁刚要走过去,又一想,瓜皮帽叔叔还被关在大厅里,应该去把他救出来一起走。

于是,皮皮鲁带着士兵来到了大厅门口,把门的士兵拦住他。

"我是部长！"皮皮鲁故意神气地对门卫说。

"必须有奇奇市长盖的通行证才能进去。"

门卫一点也不怕这位小孩子部长。

"那你把瓜皮帽叔叔叫出来。"皮皮鲁说。

"有什么事？"门卫问。

"奇奇市长要我来找他问句话。"皮皮鲁只得撒个谎。

说来也巧，正好这时，奇奇市长在宴会厅等得不耐烦了，带着盗盗、无底洞和多来米法索拉西多部长出来走走。他们看见皮皮鲁站在大厅门口，就走过来。

X 鞭炮战争

皮皮鲁一看不好，扭头就跑。

奇奇市长一看皮皮鲁跑了，就命令盗盗部长和士兵们追。盗盗部长从皮包里拿出一张逮捕证，奇奇市长用舌头盖了章。盗盗部长这才带着士兵们追捕皮皮鲁。

皮皮鲁一头钻进小卧车，可是发动机怎么也发动不起来。他回头一看，盗盗部长已经追上来了。

皮皮鲁急坏了，没有一点办法。

盗盗部长跑的速度太快，站不住脚，一头撞在小卧车后面，把小卧车撞出去老远，发动机就启动了。皮皮鲁加大油门，把小卧车开得飞快，一会儿就无影无踪了。

皮皮鲁也不知道该往哪儿开，他感到肚子饿了，忽然看见后座上有一个面包，拿过来大口大口吃起来。

这时，皮皮鲁猛然听见前边传来一阵鞭炮响，还夹杂着"嗷——嗷——"的喊叫声。

皮皮鲁把车开快，冲着响鞭炮的地方驶过去。

原来是两伙男孩子在打鞭炮仗。他们把鞭炮点着了，扔到对方的"阵地"上，还有二踢脚，像迫击炮一样蹦来蹦去。

皮皮鲁把车停在一旁，走出来大声喊着："别打了，别打了！"

"啪！"一个鞭炮在皮皮鲁身边炸了。是马路北边的那群男孩子扔过来的。

皮皮鲁生气了，二话没说，加入到马路南边这群男孩子的队伍里。要说放炮，皮皮鲁可不含糊，他从一个大眼睛男孩子手里要过一根香，点着了，又拿来了几个二踢脚，瞄准对方的"阵地"一放一个准儿，把马路对面的男孩们炸得乱躲乱藏。

"你真行！叫什么名字？"大眼睛男孩问皮皮鲁。

"皮皮鲁。你呢？"

"淘淘。"

"你们干吗要打仗？"

"我们是两个院的，见面就打。恨死他们了！"淘淘咬牙切齿地说。

皮皮鲁心里一惊，发现自己又做错了事，干吗要跟他们一起打架呢？应该劝他们才对。别看最近这一段经历不长，皮皮鲁好像长大了许多。

"别打啦！"皮皮鲁突然跳到路中间，"听我说句话。"

鞭炮声停止了。

"大家可以一起玩，干吗非要分成一拨儿一拨儿的呢？"

"他们是胆小鬼，我们才不和他们玩呢！"路南的孩子们说。

"他们才怕死呢，谁稀罕理他们呀！"路北的孩子们也不示弱。

正在这时，有好多男孩子女孩子从远处慌慌张张地跑来，他们大声地喊道："不好啦，一只大狗熊，还有狼，带着好多兵来啦！"

大家一听说是狗熊来了，都慌了，好多孩子扔了鞭炮就想跑。

Ｙ　盗盗的匕首牙被炸飞了

皮皮鲁知道是奇奇市长追来了，他对大家说："别跑，一跑散了都得被抓住，咱们要团结，你们不都是勇敢的英雄吗？怎么一遇到真的敌人就害怕了？"

想跑的孩子们一听，都脸红了。

皮皮鲁看见前边不远有一条小河，对大家说："现在都听我指挥，咱们到河那边去，把住桥，他们过不来。淘淘，你把人带过去。"

淘淘带着合并的两支队伍往小河那边跑过去。

皮皮鲁把小卧车也开了过去。

皮皮鲁让大家把二踢脚都拿出来冲着河对面架好，把小桥牢牢封锁住。

刚准备好，奇奇市长就带着盗盗、无底洞、多来米法索拉西多部长和士兵们追来了。

奇奇市长一见到皮皮鲁，肺都气炸了："谁抓到皮皮鲁，我就封谁当父部长！"

士兵们都抢着往桥上冲。

"点火！"皮皮鲁一挥手，男孩子都把二踢脚点着了。

只听"嗵！——啪！"把士兵都炸回去了，还有几个掉在河里。

盗盗部长一看，气坏了，从兜里拿出两把匕首，往嘴里一插，冲过去。

皮皮鲁拿起一个二踢脚，对准盗盗部长的脸，只听"嗵！——啪！"

盗盗部长的嘴被炸豁了，两把匕首飞得无影无踪。盗盗部长疼得直打滚儿。

小伙伴们拍手叫好。

奇奇市长气得咬碎了五颗牙，对士兵们喊着："开枪！开枪！"

士兵们都举起枪，朝这边瞄准。

"快卧倒！"皮皮鲁提醒大家，可是已经来不及了。

"啪！啪！啪！"枪响了，大家这才发现，士兵的枪里装的不是子弹，是死苍蝇，打在身上特恶心。

"投降吧？皮皮鲁！"奇奇市长嚷道。

"就不投降！"皮皮鲁大声回答。

"你要是投降，我请你吃糖醋鼻子。"奇奇市长一边说一边流口水。

"谁稀罕你的糖醋鼻子！恶心。"皮皮鲁耸耸鼻子。

"还请你听最好听的歌！"多来米法索拉西多部长也跟着喊，接着就唱起来：

"汪汪汪！汪汪汪！汪汪汪！……"

孩子们还以为是什么好歌，一听是狗叫，都笑得流出了眼泪。

皮皮鲁觉得再这样待下去，地球上会越来越糟，他必须马上去把地球之钟拨正，可是没有竹竿！

皮皮鲁一眼看见小卧车，马上想出了一个大胆的主意。

Z 小卧车变成了飞机

皮皮鲁把淘淘叫过来，对他说："快去找 50 个二踢脚，200 个鞭炮。"

"干什么？"淘淘问。

"一会儿你就知道了。"皮皮鲁说。

淘淘非常佩服皮皮鲁，二话没说，就去搜集鞭炮。

不一会儿,淘淘抱来一堆二踢脚和鞭炮。

多来米法索拉西多部长在对岸看见了，连忙对奇奇市长说:"皮皮鲁把那么多炮放在一起,想轰咱们吧?"

奇奇市长一看,也吓了一跳,立刻趴在地上。多来米法索拉西多部长和无底洞部长一看奇奇市长趴下了,也赶忙趴下了。

皮皮鲁和那五个男孩子拿了鞭炮和二踢脚,朝小卧车跑过去。

无底洞部长看见皮皮鲁抱着鞭炮往后跑,赶忙告诉奇奇市长。

奇奇市长抬头一看,皮皮鲁果然往后跑了,连忙从地上爬起来，踢了还趴在地上的多来米法索拉西多一脚,骂道:"胆小鬼,皮皮鲁都往回跑了,你怎么还不站起来?"

多来米法索拉西多部长赶快爬起来。

"进攻! 进攻!"奇奇市长嚷道。

士兵们端着枪,一边打一边冲。

淘淘带领"部下"们抵抗。本来分成两派的孩子们,这下知道了团结的力量。

皮皮鲁把小卧车开到一个小土坡旁, 然后同小伙伴们把二踢脚和鞭炮里的火药都倒进小卧车的排气管,再装上一根药捻。

皮皮鲁把小卧车开上土坡,车头朝着天空,车身竖了起来。

这时,由于淘淘剩下的二踢脚不多了,奇奇市长的士兵已经冲过了河。

皮皮鲁看见士兵们把小伙伴们包围了,奇奇市长正带着无底洞部长和多来米法索拉西多部长得意洋洋地过桥呢。

皮皮鲁打开小卧车的门,钻进去坐好,把车门关紧。

一个小伙伴把排气管上的药捻点着了……

这时,奇奇市长带着士兵朝小卧车跑过来,眼看就到小卧车跟前了。

"轰——"一声巨响,小卧车飞上了天空。它越飞越高,一会儿就变得像一只小虫子了。

奇奇市长吓得坐在地上,半天起不来。

皮皮鲁坐在小卧车里,寻找那块彩色的云朵。他心里别提多着急了,因为淘淘他们已经落在奇奇市长的手里,又要受多来米法索拉西多部长那难听的狗叫歌的折磨了。

皮皮鲁终于看见了那块彩色的云朵,他开着小卧车一直冲进云彩里……

小卧车正好停在皮球房子旁边。皮皮鲁又从窗户跳进去,只见地球之钟走得飞快,难怪地球上的人都睡不醒!

皮皮鲁走到座钟后面,打开那个绿色的小盒子。他把旋钮拧回到原来的位置。

皮皮鲁长长地松了一口气。

地球正常运转了，人们从梦游中醒过来，一切又恢复了正常。

　　至于这次皮皮鲁是怎么从天上下来的，下次再告诉你们，反正他不能像上次一样拿芭蕉叶当降落伞，因为皮皮鲁还要把瓜皮帽叔叔的小卧车还给他。

名画风波

皮皮鲁 有话说	这段经历对我来说比较刻骨铭心。事情虽然过去很多年了,但我现在想起来还怅然若失。你说这是喜剧还是悲剧?

一

国际机场戒备森严。手持对讲机的警察比比皆是。车顶闪烁着警灯的警车一辆挨一辆。

出入航空港的旅客们猜测,今天准有外国国家元首的专机降落。

懂行的却感到蹊跷:停机坪旁没有一辆外交部的轿车。文化部的汽车却足足开来了八辆,它们一字排开停在阳光下。

一架身上涂着耀眼航徽的巨型喷气式专机降落在跑道上,它的机身在克服了强大的惯性后缓缓朝停机坪驶来,活像一艘巡洋舰进港。

警察们的表情立即进入紧张状态，他们的眼珠四处乱转，恨不得看穿机场上每一位旅客的衣服。

专机刚刚停稳，手持杀伤武器的士兵呼啦一下就将飞机包围了。他们一个挨一个地背朝飞机平端着自动武器围成圆圈儿。

五辆装甲运输车开到专机旁。

文化部官员来到舷梯旁同从专机上下来的外国人寒暄。专家们清点着从飞机货舱里往装甲运输车上移送的箱子。

F国拥有世界上最著名的24幅名画。这些名画均出自人类历代最有名的画家之手，每一幅都是价值连城的稀世珍宝。将这些名画中的一部分送到国外展出，是F国议会经过了三年的激烈辩论后才勉强通过的。

这次送到国外展出的名画一共8幅。尽管展出国拍肿了胸脯说绝对不会出差错，F国还是提心吊胆。

装甲运输车在荷枪实弹的士兵和警察的前呼后拥下，离开了机场，驶向国家美术馆。

为迎接这次展览，国家美术馆进行了为期两年的翻建。展览厅装备了第一流的防盗设施。室内温度和湿度都是恒定的，误差为零。

尽管参观券价格贵得惊人，可要想买到票还得从半夜起就去美术馆售票处排队。入馆参观还有极为苛刻的条件：不准带包，不准穿大衣，不准带照像机。美术馆就差作除了眼睛以外身体的其他部位一律不得入内的规定了。

这天中午放学后，皮皮鲁回家吃饭。他打开信箱取出报纸，里边还有一封给爸爸的信。

爸爸撕开信封，是市美术家协会寄给他的一张名画展览赠票。

"这个展览的票很难买。看看是什么时间的？"餐桌旁的妈妈问。

爸爸将票翻过来看背面："哟，是今天下午的。"

爸爸和妈妈遗憾地摇摇头。

皮皮鲁家正准备搬家。爸爸妈妈和一家室内装饰公司联系好了，下午去新居研究如何装修新居。

"我去，这票可不能作废。"皮皮鲁放下饭碗，从爸爸手里拿过入场券。

"你下午还得上学。"妈妈反对。

"看这样的展览能比上学学到更多的东西。"皮皮鲁说完看看爸爸，分明是寻求支援。

"那倒是，就让他去吧。"爸爸觉得艺术熏陶对一个人的全面成长有重要作用。

"我也要去！"鲁西西不干了。

"就一张票，掷硬币决定谁去。"皮皮鲁提议。

鲁西西没别的办法，只能同意。

"你要哪面？"每次掷硬币之前皮皮鲁总是宽容大度地让妹妹先挑。

"正面。"鲁西西说。

就像往常掷硬币一样，皮皮鲁又赢了。

"拜拜。回来给你讲。"皮皮鲁饭也不吃了，拿着票跑出了家门。

鲁西西将那个硬币翻过来倒过去看了几十遍，愣是找不出一点儿破绽。

二

皮皮鲁的目光刚一接触到那幅画，他全身的血液在瞬间就凝固了。这个世界已经不存在，只剩下他和那幅画。

这是一幅油画，它出自17世纪欧洲一位大画家的笔下。夕阳的余辉均匀地涂抹在一座别致的小木屋身上，树叶仿佛在微风中摇曳。屋旁的草地上坐着一位迷人的少女，少女身旁卧着一条漂亮的牧羊犬。

使皮皮鲁的心灵产生震颤的是那少女和她的牧羊犬。

皮皮鲁见过不少画上的漂亮女孩子，可她们从未引起过他的注意。这次，当他的目光与油画上的少女相遇时，他的大脑和全身骤然产生了一种从未有过的激动。

不知为什么，皮皮鲁觉得自己了解她，他好像知道她的一切。从她的目光里，皮皮鲁也清楚地看出她同样喜欢他。这不是那种一般意义上的倾慕，这是那种我中有你、你中有我的交流，像电。

眼睛的确是心灵的窗户。

至此,皮皮鲁才死心塌地地服了这句话。

　　皮皮鲁就这么呆呆地在那幅画前站了两个小时。他和她说了好多话,没使用语言。

　　闭馆的铃声响了。皮皮鲁三步一回头地走出展览大厅。

　　街头已被暮色笼罩。皮皮鲁感到心里没着没落的, 他在美术馆旁边的街心公园里找了一处长椅坐下。

　　一片树叶擦着皮皮鲁的鼻尖落到他脚上, 皮皮鲁看着树叶发呆。

　　有人拍皮皮鲁肩膀。

　　皮皮鲁一回头,愣了。

　　他身后站着油画上的那位少女。少女身旁是那条牧羊犬。

　　皮皮鲁忙从长椅上站起来。他转过身, 面对少女,不知所措。

　　"你好,我叫莎莉。"少女伸出手来。

　　"莎莉……"皮皮鲁重复着这个名字,他的大脑一片麻木。

　　"刚才咱们聊了半天,不是吗?"莎莉把手又往皮皮鲁这边伸了伸。

　　真是油画上的少女!

　　皮皮鲁激动地握住她的手。

　　"你叫什么名字?"莎莉问。

　　"皮皮鲁。"皮皮鲁脸还有点儿红。

"你的名字真好听。"莎莉笑了。她的笑容美极了。

皮皮鲁拍拍牧羊犬的头。牧羊犬友好地冲皮皮鲁摇摇尾巴。

"你怎么能从画上下来呢?"皮皮鲁问莎莉。

"我也不知道。我本来一点儿意识也没有,你的目光可真厉害,在你的注视下,我先是有了知觉,后来身体的各个部位就能活动了。"莎莉回忆着。

"那画上不就空了?"皮皮鲁说。

莎莉耸耸肩。

"你还回到画上去吗?"皮皮鲁问这话时心情挺复杂。他不希望莎莉走,可他又担心那幅名画的完整。

"不,不回去,我要和你在一起。再说,我怎么回去呀?你能把一个大活人弄到画上去吗?"莎莉问。

皮皮鲁在替美术馆遗憾了一分钟后,心花怒放。

"我想看看你的国家,你带我到处转转。"莎莉说。

"嗯,我的国家很大,够你看的。"皮皮鲁恨不得现在就带莎莉周游全国的名山大川。

"咱们别老在街上站着呀,带我去你家,好吗?"莎莉对皮皮鲁说。

皮皮鲁这才想起了莎莉的居住问题。

实话说,皮皮鲁不敢把莎莉往家里领。先不说他用意念把莎莉从名画上弄下来算不算闯祸,单就把一个无家的少女领回家里就够皮皮鲁受的。

莎莉也不能住旅店，她没有护照和任何身份证明。再说,莎莉身上的这套 17 世纪的欧洲服装也够引人注目的,幸亏现在是傍晚,如果是白天,非引起路人围观不可。

　　"你没有家?"莎莉看出皮皮鲁在为难。

　　"有……"皮皮鲁说。

　　"父母对你不好?"

　　"好……"皮皮鲁越说越窘。

　　"那为什么不能带我去?"莎莉不解地望着朋友。

　　"是这样……在我们这儿……"皮皮鲁不知道怎么说好。

　　"我们是朋友吧?"莎莉似乎有点儿明白了。

　　"是。"皮皮鲁使劲儿点头。

　　"你愿意和我在一起?"莎莉又问。

　　"愿意。"皮皮鲁肯定。

　　"那……"莎莉两手一摊,等皮皮鲁解释。

　　21 世纪的观念居然不如 17 世纪的观念。皮皮鲁无地自容。

　　皮皮鲁忽然想起了新居,他眼睛一亮。

　　皮皮鲁家的新居虽然正在装修, 但有一间小屋子已经装修完毕,可以住人。

　　皮皮鲁身上正好带着新居的钥匙。

　　"我带你去我家。"皮皮鲁对莎莉说。

　　莎莉笑了。

　　皮皮鲁清楚莎莉不能坐公共汽车,他招手叫了一辆出租车。

出租车司机用惊奇的眼光看莎莉和牧羊犬。

皮皮鲁告诉司机目的地。

莎莉显然是头一次坐汽车,她一会儿看窗外,一会儿看司机。

"这叫什么?"莎莉问皮皮鲁。

"汽车。"皮皮鲁说。

"谁拉着它走?"

"发动机。"

"发动鸡?什么鸡这么大劲儿?"

"不是发动鸡,是发动机,机器的机。"皮皮鲁忍住笑。

出租车司机一直在注意听身后两位小乘客的对话。

新居到了,皮皮鲁将妈妈给他的课本费从衣兜里掏出来给了司机。

司机目送着皮皮鲁和莎莉走进楼房的单元门。

三

皮皮鲁家的新居是一套四室一厅的单元房,各种装饰材料堆放在门厅里。

"新房子怎么这么乱?"莎莉问。

"正在装修。其实我最反对室内装修,特别是新房子。"皮皮鲁说,"我对爸爸说,往厨房的墙上贴什么不重要,重要的是往锅里放什么。书柜的数量不重要,重要的是想像力的数量。往地上铺什么不重要,重要的是在历史上能留下几个脚印。"

"你爸爸怎么说?"莎莉笑弯了腰。

"我爸爸说我是奇谈怪论。"

"我看你的话挺有道理。"莎莉支持皮皮鲁。

"说穿了,装修房子是为了给别人看的。几乎人人都愿意让别人知道他住在一个很好的地方。其实,室内修饰材料大都是化工材料制成的,这些材料在老化过程中不断向空中散发一种有毒气体,危害人们的健康。用自己的寿命换取别人的羡慕,得不偿失。"皮皮鲁见莎莉支持他,更来劲儿了。

莎莉欣赏皮皮鲁的分析能力,入木三分。

"这个房间已经装修好了,也有家具了,你先休息一会儿,我去那边找我妹妹,让她给你找几件衣服换上。你这身打扮是不能出去的。"皮皮鲁说。

"你去吧,我等着。"莎莉在出租车上已经接受了皮皮鲁的解释,她知道必须尊重皮皮鲁的国情。

皮皮鲁回到家里,家人正准备用晚餐。

"展览好吗?"妈妈从厨房探出头问皮皮鲁。

"好。"皮皮鲁回答得心不在焉,他朝妹妹的房间走去。

鲁西西正趴在桌子上写作业。

皮皮鲁关上房门。

鲁西西回头一看是皮皮鲁,没理他,继续写作业。

"还生掷硬币的气哪!我有事求你。"皮皮鲁笑容可掬地坐在鲁西西身边的沙发上。

"你肯定作弊了。"鲁西西说。

"绝对没有。我对天发誓。"皮皮鲁说。

"那你为什么从来没输过？"鲁西西质问。

"这绝招我可以传授给你。我每次掷硬币之前，心里反复说'我准赢我准赢我准赢'，结果我就赢了。"皮皮鲁说。

"你骗人。"鲁西西不信。

"这叫信念的魔力，不信下次你试试，准赢。"皮皮鲁拍胸脯。

"可你也在心里反复说你准赢呀！"鲁西西问。

"那就看谁真相信自己的信念了。"皮皮鲁说。

鲁西西半信半疑地点点头。

"你说你有事求我？"鲁西西问。

皮皮鲁把下午的经历扼要地给鲁西西叙述了一遍。

"真的？"鲁西西盯着皮皮鲁的瞳孔。

"千真万确。"皮皮鲁周身透着正义。

"她现在就在咱们家的新房子里？"鲁西西还是不信。

"嗯。"

"她是从十七世纪的名画上下来的？"鲁西西强调了"十七世纪"四个字。

"17世纪，距现在300年左右。"皮皮鲁不含糊。

"你可真行。国家怎么办？"鲁西西问。

"国家？什么国家怎么办？"皮皮鲁不明白。

"名画上的人丢了，国家怎么向 F 国交代？"鲁西西问。

"画又没丢，F 国可以鉴定嘛。人家自己愿意从画上下来，咱们国家有什么办法！还不是因为咱们这儿好！"皮皮鲁有点儿得意。

"你还不如说，是因为咱们这儿的人好呢！居然能用意念把人家 17 世纪名画上的女孩弄下来，以后掷硬币我是甭想赢了。"鲁西西冲皮皮鲁耸鼻子。

"借你几件衣服，怎么样？"皮皮鲁说。

"我看这事得告诉爸爸妈妈。"鲁西西想了想，说。

"这可不行，他们非骂我不可。"皮皮鲁急忙反对。

"你没错，怕什么！没偷没抢，她自己从画上下来的。可是如果不同爸爸妈妈说，等事情闹大了，你可就被动了。再说，你也不能总让她躲在那栋房子里呀！白天还有工人去装修房子，她往哪儿躲？"鲁西西想得还挺全面。

皮皮鲁知道只有告诉爸爸妈妈一条路了。

全家人围坐在餐桌四周，开吃。

"皮皮鲁，你怎么不吃？"妈妈见儿子光出神，不吃饭。

"我……"皮皮鲁看了鲁西西一眼。

"闯祸了？"爸爸习以为常。

"有点儿……又不算闯祸……"皮皮鲁吞吞吐吐。

"我来替你说吧。"鲁西西放下饭碗,向爸爸妈妈转述皮皮鲁在美术馆的故事。

转述完毕。

爸爸和妈妈对视,然后一同看皮皮鲁。

皮皮鲁不敢迎视,他低下头。恭候训斥。

奇怪的是没人说话。欲发火的爸爸妈妈不约而同地想起他们俩就是在美术展览上认识的,而且届时二人高中均未毕业。

沉默。

令人难以忍受的沉默。

"此事非同小可。"爸爸终于说话了,"咱们得把她交给国家。"

"为什么?"皮皮鲁冲口而出。

"画上少了人,国家怎么向 F 国交代?"爸爸问皮皮鲁。

皮皮鲁不吭声了。

"我提议,咱们现在去看看莎莉。"鲁西西说。

爸爸点点头。

莎莉总算见到了皮皮鲁的家人,她很高兴。

皮皮鲁的爸爸妈妈不得不承认,莎莉是个十分可爱的女孩子。鲁西西也非常喜欢她。

"莎莉,我爸爸说,得送你回美术馆去。"皮皮鲁小声对莎莉说。

"为什么?"莎莉愣了。

皮皮鲁将理由告诉她。

"是我自己下来的,又不是你们把我从画上偷下来的,你们没有任何责任呀!"莎莉有点儿急。

"我们得为我们国家的声誉着想。"爸爸向莎莉解释。

"你们国家的声誉不会受任何影响,"莎莉不理解,"名画并没有丢呀!"

"莎莉,你别着急……"鲁西西劝莎莉。

"反正我不回去,我不离开你们,不离开皮皮鲁,我喜欢和你们在一起,我要加入你们的家庭。你们还要让我再回到画上去当那个没有生命的人?"莎莉哭了。她的肩膀抽搐着。

妈妈的心先被哭软了,她对丈夫说:

"她说得也有道理,既然活了,怎么还能再回到画上去呢?"

"爸爸,留下她吧!"鲁西西央求爸爸。

爸爸皱着眉头在房间里来回走动。

"好,先留下吧,咱们注意事态的发展,再决定怎么办。"爸爸也不忍心将这么一个活泼可爱的女孩子送回到画上去。

鲁西西把带来的衣服给莎莉换上。妈妈将莎莉的衣服藏进衣橱里。

"走,咱们回那边去,给莎莉和牧羊犬做一顿好吃的。"爸爸说。他还特别喜欢这只威风凛凛的大狗。

四

国家给美术馆下了个死规定：闭馆后每隔五分钟由警察在展览大厅巡逻一次。

美术馆外边更是三步一岗五步一哨。

一架警方雇佣的飞艇悬停在美术馆上空，负责监视美术馆方圆三公里内的动态。

四名佩戴手枪的警察排着方队每隔五分钟巡视一次展览大厅里的名画的数量。

这是他们今晚第15次例行巡逻了。

画一幅不少。

他们正要离开大厅，其中一个突然站住了。

"怎么？"小头目问。

"我觉得有一幅画好像有问题。"那警察说。

"哪幅？"小头目紧张了。

那警察带着同事们来到一幅画前停住了。

"不是挺好吗？"小头目检查了一遍固定画的螺丝，没发现问题。

"这画上原来有个女孩子，还有一条狗，怎么不见了？"那警察说。

"说什么胡话，怎么可能！"小头目只对画的数量负责，他没正眼看过画的内容。

"这幅画上好像是有一个女孩子。"另一名警察说。

小头目看看两名部下：

"真有？"

"好像有。"部下不敢肯定。

小头目从皮带上解下对讲机。

30 秒后，美术馆的专家跑来了。

他的目光刚一接触那幅画，两腿立刻就发软，一屁股坐在地上。

"教授，您怎么了？"小头目以为教授脑血栓了。

"画……画……被换……了……"教授指着墙上的画喊。

"啊——"小头目傻眼了，他掏出警笛玩命吹。

听到警笛声，保卫中心拉响警报器。

刺耳的警笛声在美术馆空旷的展览大厅里像野马一样四处乱撞。

闻声跑来的负责此次展览的文化部官员看着那幅画呆若木鸡。

"戒严！一只蚂蚁也不能放出去！"负责名画安全的警察局副局长大喊。

警察和士兵将美术馆围得水泄不通。

机场关闭。火车停驶。道路封锁。

与此次展览有关的所有头头脑脑都从被窝里爬出来赶到现场。

大家面对那幅画叹气。

"这窃贼也太猖狂了，偷走一幅，居然还敢弄来一幅挂上，放肆！"

"这么大的画,他们是怎么运进来的?!"

"准有内线。"

跟随名画来的F国专家被警笛惊醒后跟跟跄跄奔进展厅,他只看了一眼那幅画就放声大哭,接着大骂,边哭边骂,谁也劝不住。

F国专家给该国大使打了电话,大使顾不上要车和穿鞋,光着脚从使馆跑到美术馆。

大使知道自己的总统梦彻底完蛋了。他原计划明年竞选F国总统,这次画展就是在他的力主下促成的。这下可好,别说当总统,回去恐怕连个镇长秘书也当不上了。

警察局的反盗窃专家赶来了,他们的情绪比较稳定。

勘察现场。取证。鉴定。拍照。

结果出来了:该画没有任何被换过的痕迹。

"这怎么可能?"大使对结果表示一千个不信。

"您看,固定画的螺丝钉上的铅封还在,铅封上盖的是警察局的铅封印,完好无损。"反盗窃专家指给F国大使看。

"我们的专家呢?"大使回头找。

随画来的专家忙从泪水中出浴。

"您鉴定一下,这幅画是原来的吗?"大使对本国专家说。

专家从兜里掏出放大镜,哆嗦着手仔细观察画面。

他的眼睛越瞪越大,以至于他佩戴的隐形眼镜全部逃离眼球。

专家回头找大使，找不着。

"我在这儿，怎么样？"大使看出专家表情不对。

"是原画。"专家对大使耳语道。

"是原画?!"大使给专家摸了摸脉。

"千真万确，是原画。"专家抽出手，表示自己肌体正常。

"那画上的少女和狗呢？"大使问。

"是怪，我还从来没见过偷画这么偷的。光偷画上的某一物体，而且不留痕迹。"专家用手触摸画上那片属于少女和牧羊犬的位置，天衣无缝。

大使走到文化部官员面前："贵国必须在两天内破案，向我归还名画。否则一切后果由贵国承担。"

F国专家补充道：

"其余的名画停止展出，由我国空运警察负责保护。"

明显的不信任。没脾气。

国家给警方下达的死命令是：限期 24 小时破案。

警察局长向部下许诺，谁破了此案，他就把局长的宝座拱手让给谁。

五

在警界有"破案大王"绰号的探长陈担负领导警员破案的重任。他只有 24 小时。

陈的脑瓜的确清楚，他只思索了十分钟，就对手下说：

"我要看当天的监视录像片。"

名画展出期间，每幅画的对面墙上有一架微型摄像机进行定时监视录像。

陈点上一只香烟，一边狠狠抽烟一边眯着眼睛仔细观察屏幕上的每一位观众。

陈破案主要靠直觉。他能在芸芸众生中一眼看出谁是贼。全凭直觉。

可今天他看谁都像贼。

"注意这个人。"陈指着屏幕上的一个人对手下说。

半个小时之内，陈确定了七十多个嫌疑犯。他的助手们不知所措地看着他。陈的直觉显然失灵了。

突然，陈的鼻尖几乎挨到了屏幕上。

他注意到了在名画前久站不动的皮皮鲁。

"这个男孩子在丢失的那幅名画前站了整整两个小时！"陈对助手们说。

助手们全围过来看。

"倒带，重放。"陈把烟蒂狠命往烟灰缸里拧着按。

所有侦探的眼珠都一动不动地盯着屏幕。

皮皮鲁一副痴迷的表情。

尽管皮皮鲁在名画前站了两个小时，尽管他对那幅名画一往情深，可侦探们仍然认为这个男孩子不可能盗画。他的年龄摆在那儿。

陈皱着眉头看皮皮鲁。看得很苦。

"啪!"陈的手拍在桌子上。

助手们不约而同地起立。他们知道,破案有望了。

"找这个男孩子!"陈从牙缝里挤出几个字。他凭直觉断定屏幕上的男孩子与名画被盗有关系。

助手们动用各种手段查询皮皮鲁是何许人也。

这天夜间,由于莎莉的光临,皮皮鲁家像过节。

妈妈给莎莉做了一顿丰富的晚餐。爸爸给牧羊犬做了一盒可口的佳肴。

莎莉是头一次吃饭,她强烈感受到生命的愉悦。

莎莉边吃边提出一连串的问题,大家轮流解答她的问题。爸爸还许诺说,明天要亲自给莎莉当导游,带她逛遍这座城市所有值得看的地方。

皮皮鲁全家都喜欢莎莉,还有牧羊犬。

"这是什么?"莎莉指着电视机问。

"是电视。"鲁西西搂着牧羊犬说。

"电视。"莎莉歪着头看,"做饭用的?"

大家都笑了。

皮皮鲁接通了电视机的开关。

荧光屏上出现了一位女播音员,她脑袋旁边的方块里写着:午夜新闻。

莎莉睁圆了眼睛。

女播音员正在夸某汽车制造厂生产的汽车,突然有人递给她一张纸。女播音员看了一遍纸上的文字,脸上的表情晴转阴。看得出,她脸上的表情与新闻内容是同步的,不会有好事。

"现在播送一条本台刚刚收到的消息。"女播音员拿着纸照念,"正在本市举办的 F 国名画展览从明日起停止展出。原因是有一幅名画被盗。据了解,这幅名画的价值在五千万美元以上, 它是 F 国的国宝之一。据悉,F 国已向我国提出抗议。另据报道,警方现在正全力以赴争取在 24 小时之内破案。希望知情的市民向警方提供线索。这件事直接关系到我国的信誉。"

节日的气氛骤然降温, 全家的目光都落在莎莉和牧羊犬身上。

"咱们必须去告诉国家,不能让国家的信誉受到损害。"爸爸声音缓慢一字一句地说。

"我不愿意回到画上去。"莎莉明白皮皮鲁爸爸的意思,"我要和你们在一起。"

爸爸说不出"你必须回去"的话,可他又觉得如果不将内情告诉国家,从而圆满解决这件事,今后再不会有任何国家敢来这里办任何展览了。

可如果说了,莎莉的命运会怎样呢? 她现在毕竟是活人了,她有选择自己的道路的权利。

痛苦的选择。

"不能把莎莉交给他们。"皮皮鲁站起来,"她已经不是名画的一部分了,她现在是一个有生命的人,不是一件东西,她有权利决定自己的命运。不错,名画是 F 国的国宝,可莎莉确实是自己活的,不是被贼从画上偷下来的,F 国应该正视这个现实。"

爸爸不得不在心里承认儿子的理论是正确的。是的,莎莉已经不是画了,她有人权。

有人敲门。

妈妈趴在门镜上往外看,吓了一跳。

"警察。"她回到餐厅告诉家人。

"莎莉,你和牧羊犬去我的房间躲一下。"皮皮鲁说。

莎莉和牧羊犬躲进皮皮鲁的房间。

爸爸运了运气,然后去开门。

"是皮皮鲁家吗?"门外的探长陈有礼貌地问。

"是的。请问您……"爸爸试探来者的意图。

陈掏出一张名片递给皮皮鲁的爸爸。

"是警察。找皮皮鲁有什么事?"爸爸佩服这位探长的判断力。

"想向他了解点儿情况。"陈笑着说,"他在家吗?"

"在,请进。"爸爸只得请陈进屋。

陈吩咐警察们在走廊里等着。

"你是皮皮鲁?"陈认出了皮皮鲁。

皮皮鲁点头。

"你知道名画被盗的事儿吗?"陈问皮皮鲁。

"不是被盗吧?"皮皮鲁觉得"盗"字刺耳。

"那是什么?"陈兴奋了。他知道方向没找错。

"是……"皮皮鲁找不着合适的词。

"是这样。"爸爸看出陈是经验丰富的警探,他已认定皮皮鲁与名画案有关。爸爸索性将莎莉从画上下来的经过告诉陈。

全家看陈的反应。

陈像听天方夜谭。

他回忆皮皮鲁看名画时的表情。他信了。

"莎莉在哪儿?"陈问。

"你把莎莉带来。"爸爸对皮皮鲁说。

"爸爸!"皮皮鲁抗议。

爸爸拍拍皮皮鲁的肩膀,说:"我看这位探长是值得信赖的,你去叫莎莉吧。"

陈冲皮皮鲁点点头。

皮皮鲁的目光和陈对视了半分钟。皮皮鲁朝自己的房间走去。

六

莎莉和牧羊犬站在陈面前。陈从口袋里掏出名画的照片。

莎莉正是 17 世纪名画上的少女。

"你得和我们去一趟。"陈对莎莉说。

"爸爸!"皮皮鲁大喊一声,他觉得上当了。

"皮皮鲁,你别误会,我是带她去见 F 国大使。你还不知道,F 国大使限我们 24 小时内破案,否则一切后果由我国负责,当大使知道了事情的真实经过后,会向国际社会澄清事实的,也会尊重莎莉的选择的。你别忘了,F 国是尊重人权的。"陈对皮皮鲁说。

"那我跟莎莉一起去。"皮皮鲁仍然不放心。

"可以。"陈同意。

皮皮鲁、莎莉和牧羊犬跟陈走了。

鲁西西和爸爸妈妈干坐了一个通宵,没说一句话。

F国大使馆。

三辆黑色轿车驶进使馆的大院。

门卫打电话给大使,告诉他名画被盗案已侦破,文化部官员来见。

大使三步并作两步蹿下楼梯,走进客厅。

"画呢?"大使劈头就问。

文化部官员对陈使了个眼色。

陈将莎莉和牧羊犬送到大使面前。

"这是干什么?"大使不明白弄一条狗和女孩子来干什么。

陈将事情的经过叙述了一遍,还把皮皮鲁介绍给大使。

"开什么玩笑?!"大使脖子上的每一根青筋都迅速膨胀到无以复加的程度,他的自尊受到了自他有生命以来最严峻的挑战。

"这是事实。"陈镇静地说。

"放肆!!"大使咆哮了,"野蛮! 愚昧! 愚蠢! 荒唐! 无知! ……"

"请大使先生息怒,您可以同名画的照片对照一下。"陈掏出照片递给大使。

大使把照片撕得粉碎。

陈想掏出手枪毙了大使。

F国的名画专家闻讯赶来了。他还算冷静,悄悄掏出名画照片在一边比较。

除了服装,基本上一致。

专家和大使咬耳朵。

大使边听边看莎莉和牧羊犬。

"好,既然你们说她就是名画上的少女,如果你们能让她穿上她在画上穿的那身17世纪的服饰,我还可以考虑。注意,我们可有专家,必须是17世纪的原装,复制的不行。"

"她的衣服在哪儿?"陈小声问皮皮鲁。

"我带你去拿。"皮皮鲁说。

"我也去。"莎莉不喜欢这儿。

文化部官员陪着大使等候。

汽车直驶皮皮鲁家的新居。

皮皮鲁打开衣橱,愣了。

衣橱里是空的。

"衣服不见了?"陈问。

"明明放在这儿的,是吗?"皮皮鲁扭头问莎莉。

莎莉点头证实。

陈傻眼了,他看看手表,没时间让他再破一个案了。一个毫无线索的盗窃案。

莎莉拍拍牧羊犬的头,趴在它耳朵上说着什么。

牧羊犬在衣橱里嗅着。

陈的眼睛里有了光泽。

牧羊犬离开了衣橱，它一路嗅到门口。下楼。出单元门。

"开车跟着它。"陈下令。

七

皮皮鲁和莎莉跟着陈上了汽车。

牧羊犬上了公路，它走了几十步后，站住了。显然是在犹豫。

"如果偷衣服的人是坐车走的，它能找到他吗？"皮皮鲁担心。

"它能。"陈肯定地说。他对牧羊犬有信任感。

汽车停在牧羊犬身后，静静地等待它推理。

牧羊犬低头嗅地，又昂头环顾四周，再竖起耳朵寻找声波。

突然，牧羊犬果断地奔跑起来。

陈驱车紧追。

牧羊犬越跑越快，每一个动作都透着自信。

皮皮鲁看了一眼仪表盘上的时速表，指针与80重叠。

"它好像在追前边那辆车。"莎莉了解牧羊犬。

陈点头。

牧羊犬追上了那辆小轿车，它从后边跃上了汽车的车顶。

皮皮鲁觉得那辆车挺眼熟。

陈超越那辆车后，往右一打方向盘，拦住了它。

陈拔出手抢，跳下车。

皮皮鲁想起来了，这辆车是拉他和莎莉从美术馆去新居的出租车。

车上下来的正是那位司机。

陈从汽车的后座下边找出莎莉的衣服。

"怎么回事？"陈问司机。

"我看了电视，知道名画丢了。我想起刚才拉过两位乘客和一只狗，我觉得其中的一位女孩子和狗是名画上的人物，我就去偷了这身古代的服装，我想卖大钱。"出租车司机全招了。

钱没赚到，进了监狱。

陈将衣服递给车里的莎莉，说：

"把衣服换上吧。"

牧羊犬从出租车上跳下来，陈亲热地拍拍它的头，说：

"应该给你记功。"

当莎莉穿着她的衣服和牧羊犬再次站在大使面前时，大使和专家不禁吃了一惊。

专家走到莎莉身旁，问：

"我可以看看你的披肩吗？"

莎莉将披肩递给专家。

专家用放大镜观察披肩的成分。

"是我国 17 世纪的纺织品。"专家告诉大使。

"真会有这种事？"大使接过披肩，用手指感觉。

使馆的秘书拿着一份传真走到大使身边。

大使接过传真一看，脸上开始冒汗。

F国外交部发来的，让大使做好离职回国的准备。原因是议会全票通过由于丢失名画撤大使职的议案。

"马上开记者招待会，我有重要新闻向全世界发布。"大使一边擦汗一边向秘书吩咐。

他拼命也要保住大使的职位。他只有相信莎莉是从名画上下来的。别无出路。

尽管皮皮鲁不愿意，莎莉还是在数百名记者面前亮了相。这等于在全世界面前亮了相。

记者招待会结束后，大使提出将莎莉和牧羊犬留在大使馆。

皮皮鲁不干。他看陈。

陈对大使说：

"我们有责任保护莎莉和牧羊犬的安全，请让我们和她在一起。"

经过一番唇枪舌剑，大使只好同意了。但他威胁说，如果莎莉和牧羊犬再出闪失，他将代表F国宣布断交。

陈的上司坚决不同意让莎莉跟皮皮鲁回家。上司要将莎莉和牧羊犬送到一座专门腾空了的大饭店保护起来。

陈拔出手枪对着上司说，如果上司不同意莎莉和皮皮鲁回家，他就开枪。

上司在枪口的威逼下不得不妥协。

皮皮鲁觉得陈是个男人。

"你带莎莉和牧羊犬回家,有什么情况我再去找你。"陈对皮皮鲁说。

太阳出来的时候,鲁西西和爸爸妈妈又见到了莎莉和牧羊犬。

大家的感觉一样:亲人团聚。

八

当F国的民众从新闻媒介中得知他们的国宝名画被盗是虚惊一场,名画上的少女和牧羊犬是自己从画上下来的时,举国欢腾。他们盛赞他们民族的画家有神来之笔,他们急于见到画上下来的同胞。有人说莎莉是少女,有人说莎莉的年龄足以当所有国人的总奶奶。

大使的声望直线上升,民意测验表明,如果他竞选总统,有百分之六十四的选民会在他那蹩脚的名字下边打对勾。

F国大使闻讯后连喝了三瓶白兰地,他马上通知文化部官员,F国来接莎莉的专机两小时后着陆,请莎莉和牧羊犬做好回国的准备。

莎莉坚决不走。牧羊犬也一样。

F国大使不信。在他和莎莉面谈后,他信了。

"你必须走。"大使认定是这个国家的人给莎莉施了魔法。

"您应该尊重她的选择,她现在已经不是画了,她是人。"皮皮鲁对大使说。

大使瞪了皮皮鲁一眼。

大使同国内联系后，向皮皮鲁所在国的外交部长递交了一份措词强硬的照会。照会大意是，如果不交回莎莉和牧羊犬，F国将使用包括武力在内的一切手段要回莎莉和牧羊犬。

两国关系笼罩上了火药味儿。

莎莉不愿意皮皮鲁的国家和F国打仗。

可她又不想离开皮皮鲁。

莎莉觉得活着不如在画上省心。

她隐约感到生命未必美好。起码不全是。

为了和平，为了千万个家庭的完整，莎莉决定带牧羊犬回国。

她知道，她一离开皮皮鲁，这个世界对于她来说就不存在了。

可她不能为了保全自己的世界而使千万人失去他们的千万个世界。

没有两全其美的办法。

有人高兴，就必定有人痛苦。有人痛苦，就必定有人高兴。这就是人类。这就是生命。

皮皮鲁目送莎莉乘坐的专机起飞。

他没哭。脸上全是泪。

三十六万五千天

皮皮鲁
有话说一天上自习课时，我的耳边响起一个声音，我以为是同桌李小曼在和我说话，我侧头看，她正在专心写作业。那个声音告诉我说他是一粒尘埃，他的名字叫 x，他叮嘱我不要用手动耳朵，以免将他抖落，他说他有精彩的故事告诉我。

一

他是一粒尘埃。她也是。

在我们生存的这个星球上，并存着无数个世界。有人类世界，有动物世界，有植物世界，有空气世界，有水的世界……

我们这个故事的主人公,属于尘埃世界。

在地球上,尘埃世界与人类世界有着最密切的关系。你居住的房间里,有无数亿粒尘埃与你为伴。当阳光射进你的房间时,你会看见泛着亮光的尘埃缓慢而优美地在空中盘旋,像宇宙里的星河。尘埃的寿命极长,它们可能在空中飘浮数世纪。在你的家里,可能飘浮着秦始皇统一中国时兵器相撞产生的金属碎末,也可能有美国首届总统华盛顿宣读《美国独立宣言》翻稿时从光滑纸面上脱落的微小黏土粒子。从这个角度说,我们每个人的住所都是一座珍贵文物博物馆。我们的房间里汇集着我们这个星球的全部历史。

他叫泽,是地球尘埃世界中的一员。泽不是土生土长的地球尘埃,他的籍贯是哈雷慧星。五亿年前的一个偶然机会,泽飘落到地球上。不知为什么,他喜欢这个星球。在地球还荒芜得一无所有时,他就觉得它有生气。泽不喜欢只在自己的世界里生存,它愿意和别的世界交叉共存。

泽的选择是正确的。他目睹了地球上陆续出现的植物世界、微生物世界和动物世界形成的全过程。泽每天都兴冲冲地穿梭于各个世界之间,极享受地欣赏着每一个世界的不同和共同。

当初,泽的弟弟妹妹挑选火星定居,他们至今还孤独寂寞地打发日子。泽的运气好。

这天,泽栖息在一条宽阔道路旁的一盏路灯上。

他惬意地注视着疾驶而过的各种各样的汽车。泽佩服人类的智慧,他没想到这些几十万年前的猴子今天居然能把石头(矿石)、石油和橡胶揉合在一起攒成汽车,然后坐在上边想去哪儿就去哪儿。石头在地底下是不动的,可人类愣是让它动了起来。泽悟出了一个道理,人类之所以能统治地球,就因为他们让不动的东西动了。

一阵悠扬的音乐从路旁的一座建筑里飘出来。旋律很美,泽听得入迷。

"真好听,不知这曲子叫什么名字?是谁谱的?"泽身边传来赞叹声。

泽扭头看,是他的同胞。

"你好,我叫泽。"泽自我介绍。

"你好,我叫亚。"她说。

"我的祖籍是哈雷慧星。"泽说。

"我看你就像老外,我可是原装地球尘埃。我是周口店北京猿人取火种时产生的炭末尘埃。"亚说。

"地球变化真大。"

"在你们哈雷慧星,没这么好听的音乐吧?"

"我一直没回去过。"

"如果能知道这两首曲子的名称就好了。"亚说。她知道对于尘埃来说,想知道人类的乐曲的名称不是一件容易的事。

泽决定帮助亚满足这个心愿,他毕竟在地球上生活了五亿年,积累了一些驾驭自己行动的经验——尘埃的行动不取决于自己的主观意愿，取决于客观因素，如风力风向等等。

"你在这儿等着，我去打听。我会让你知道这两首曲子的名称的。"泽说。

"如果能知道是谁谱的就更好了。"亚说。

"我会的。"泽说。

亚信任地点点头："谢谢你。"

泽观察了一会儿风向。他抓住一个机会，离开了路灯，驾着一阵微风，朝那座传出音乐的建筑靠拢。

这是一座音乐厅，音乐会正在进行之中。

泽成功地飞进了音乐厅，他从无数个同胞的间隙中挤到了舞台上空。

泽选择了指挥的眉毛作为着陆地点，因为在那儿能看到指挥面前的那个大本子。泽判断，曲目和作者的名字都会出现在那蓝皮的大本子上。

着陆没成功。指挥的头总是不停地摆动，而且频率极高。不得已，泽只好落在指挥的鼻子上。泽知道，鼻子这个区域对尘埃来说比较危险，人类抚弄鼻子比抚弄脸上其他器官的可能性要大。

泽看清了，一首曲子名叫《回忆》，作者是德拉德尔；另一首名叫《天鹅》，作者叫圣桑。

"难怪我们爱听！"泽想，"我们尘埃最自豪的是漫长的历史，没有历史怎么回忆？天鹅能飞，我们也能飞。其实，天鹅是放大了的尘埃，我们是缩小了的天鹅。"

正当泽准备离开指挥的鼻子时,险情出现了。

一股波涛汹涌的洪水从天而降,朝泽扑来。那是指挥额头上的汗水。这股汗水从指挥的额头穿过鼻梁直泄而下。不知为什么指挥不去干涉它。如果洪水粘住泽,泽就别想在两个小时之内摆脱指挥了。

就在洪水马上要淹没泽的一瞬间,泽借助于指挥的一次猛甩头动作,离开了指挥的鼻子,来到了空中。

泽又一次为自己的运气骄傲。好运气已经跟了他五亿年。

当泽飘到音乐厅的出口时,他傻眼了,外边狂风大作,暴雨倾盆。

泽判断风向后知道,他不能出去。如果现在出去,他将被风吹走绕地球一圈儿后才能回到那盏路灯上。

暴风雨停歇后,泽飞到路灯上。亚不在。

二

那场突如其来的暴风雨卷走了她。

泽不知所措地在路灯上四处眺望。他答应了亚。告诉她那两首曲子的曲名和作者,可她被风吹走了。

泽不轻易许诺,但凡是他说过的,一定要兑现。

茫茫世界,芸芸众生。泽不知道到哪儿去找亚,不知道这次如何兑现自己的诺言。

泽毕竟在地球上生活了五亿年,他清楚,作为生命,最重要的就是要活得心里踏实。如果他不把《天鹅》和《回忆》告诉亚,他今生今世将不会踏实。

泽决定找亚,他要告诉她,那两首曲子是《天鹅》和《回忆》,作者是圣桑和德拉德尔。他答应她的。

他告别了路灯,踏上了找她的征程。

泽根据刚才那场暴风雨的风向,首先选中了路旁的一座摩天大厦,他认为,亚有可能被风吹到了这座大厦上。

大厦的外表是玻璃制成的,泽花了半天时间沿着大厦外表飘行,没有找到亚。

泽碰到了无数粒尘埃,他问他们,有没有看见亚,他们都摇头。

泽从一扇开着的窗户飞进大厦,这是一间宽敞豪华的办公室,一位长发男士正在打电话。

"请相信我,那批货昨天晚上已经发出。"长发男士用不容置疑的口气说。

"对对,请你现在就去银行将款拨到我的账号上,咱们是一手交钱一手交货。"长发男士挂上电话。

"卢总经理,那批货咱们还没发呢。"秘书小姐在一旁提醒长发男士。

"他们信了。钱到了手再说。"长发总经理嘴角露出一丝奸笑。

泽看出,这位长发总经理是一个言而无信的人,他是靠坑蒙拐骗和说话不算数在这个世界上生存的。

泽奇怪，这样的人怎么会在这么豪华的办公室里办公?泽在地球上生存了五亿年,他是一天一天看着人类长大的,别看人类的数量有五十多亿,可在泽眼里,人类中只有两种人:说话算数的和说话不算数的。泽还悟出一个道理,这个星球是属于说话算数的人的。说话不算数的人终将被遗弃。

电话铃响了。

泽正准备到别的房间去, 好奇心使他贴在门上听长发总经理接电话。

"你说什么?"长发总经理一脸的惊恐。

"不行,你们不能这样!"长发总经理声嘶力竭地喊叫。

秘书小姐忐忑不安地注视着咆哮的上司。

长发总经理蔫了,他有气无力地放下电话听筒。"卢总,怎么了?"秘书小姐小心翼翼地问。

"银行说,咱们已经破产了!"长发总经理再也牛不起来了,他现在负债几百万元,比一文不名的穷光蛋还穷。

泽不惊讶,近一千多年来,他见过无数次人类经商的场面,他曾经在一个亿万富翁家里待过三年。商场淘汰过无数个商人,最终留下来的,都是守信用的人。

第一天,泽没有找到亚。

他花了一个月的时间,将这座大厦的每个房间都找遍了,没有她。

泽离开大厦,继续找亚。

为了提高效率,泽钻进一辆汽车,满城转着找她。

"喂,你在找什么?"一位同胞问泽。

泽回头一看,是一只尘螨。

泽告诉他。

"这可不大容易,她如果被风吹到飞机上,现在可能在地球的另一边呢。"尘螨的想像力还挺丰富。

"我会找到她的。"泽自信地说。

"你们是朋友?"尘螨羡慕亚有这样的朋友。

"不,只说过几句话,陌生人。"泽说。

为了兑现和陌生人许下的一个不那么重要的诺言,泽竟然下决心满世界找她,尘螨立刻对泽肃然起敬了。他知道,如果泽是人类,起码也能当上联合国秘书长,人类世界将由此大步伐前进。可惜现在人类的头头脑脑说话不大守信用。

"你就住在这辆汽车里?"泽问尘螨。

"是的。我已经在这儿定居了两年了。在汽车里住着挺舒服,不用动,能周游各地。"

"是不错,还不怕风吹雨淋。"

"主要是我离不开人类,我得靠人类身上脱落的皮屑生存。你不喜欢人类?"

"地球上的东西我都喜欢。我曾经跟踪过人类的一个成员。"

"跟踪?"

"就是从他出生开始,一直跟到他去世为止。"

"他活了多大？"

"七十六岁。"

"你跟了他七十六年？"

"我来地球已经五亿年了。"

寿命有限的尘螨立刻对泽刮目相看。

"你是亲眼看着人类从无到有混到今天这样的？"

"对。"

"你觉得人类怎么样？"

"很聪明，但也干一些自己和自己过不去的蠢事。"

"你举个例子。"

"人类能造出飞机和汽车来,可他们却蠢到一生为了各种票证活着。"

"票证?"

"就是用纸印成的各种证明。"

"干吗为纸活着？"

"就拿我跟踪的那个人来说吧。他出生之前,他的父母要给他准备好出生证。他出生后，给他上户口。他上学,为了拿文凭。他工作,奋斗各种职称证。结婚时,要结婚证。住房时,要住房证。开车时,要驾驶证。所有人从出生到离世还都喜欢钞票。想出国的,要有护照。最终,人死时,要死亡证。"

"人类是地球上最聪明的,也是最愚蠢的。"

"跨度真够大的,好事坏事全让他们占了。"

泽一边和尘螨聊，一边注视着车窗外边。

汽车停在了机场。

"我乘飞机去别的地方找找。"泽同尘螨告别。

望着泽离去的身影，尘螨忽然觉得自己活得挺没劲。他羡慕泽这种活法。

三

泽已经找了八十三年，没有找到她。

这期间，他去过非洲，到过南美洲，还在太平洋上飘浮过十二年，他到过人类无数个家庭，都没有找到她。

泽遇到好多次险情。有一次，他被关在一个密封的房间里待了七年。那房间的主人喜欢空调，死活不开窗户。后来，泽是冒着生命危险通过吸尘器"越狱"的。

泽羡慕人类的传播手段，他曾幻想在人类的报纸上登一条寻人启事。他到过报社，生活在那里的同胞告诉他，这里是地球上最干净的厕所。

泽继续找她，五十年又过去了。

泽接触过人类的无数个成员，有总统，有乞丐，有赫赫名人，有无名鼠辈，有亿万富翁，有穷光蛋。泽发现，人活着最重要的不是金钱地位而是心里踏实，他见过一个名人天天晚上做恶梦。

泽发誓一定要找到她，否则他心里永远不能踏实，他要找遍地球的每一个角落。

五百年过去了，泽没有找到她。

这五百年，泽穿梭于地球各地。他目睹了人类社会的进步，目睹了人类观念的变化。五百年前，人类崇尚金钱。现在，人类的最高行为准则是守信用。不轻易许诺，一旦许诺，必须兑现。

泽更加迫切地找亚，他甚至去了南极和北极。

没有哪一粒尘埃像泽这样全方位地搜寻地球，没有哪一粒尘埃像泽这样几乎接触过人类的每一个成员。泽对地球越了解，对人类越了解，他就越发坚定找亚的信念。泽已愈发悟出一个真理：信用是宇宙的最高准则。没有信用，就没有宇宙。地球和人类都是造物主的承诺。

九百年过去了，泽还在找。他几乎认识我们今天每一个人类成员的后裔。泽为人类的后代大大超过了他们的祖先而兴奋。泽经常乘坐人类无人驾驶不烧汽油的超级汽车四处找亚。

在一辆汽车里，泽又邂逅了一只尘螨。

"几百年前，我在汽车里见过一只尘螨，也许是你的祖先。"泽说。

"你这样不辞辛苦地找她，如果她已经不存在了呢？比如说，被人吸进了呼吸道。"尘螨说。

"那我也要找，一直找到我离开这个世界，否则我将无法安宁。"泽说。

尘螨敬佩泽的品格。

一千年过去了。三十六万五千天。

泽今天的任务是搜索这座苹果园。

他在一个苹果上找到了她。

"亚,你好。"泽松了一口气。

"你好,泽。"亚并不惊讶。

"那两首曲子,一首叫《回忆》,作者是德拉德尔。另一首叫《天鹅》,作者叫圣桑。"泽一字一句地说。这段话,经过了三十六万五千天的酿制。

"谢谢。我知道你会告诉我的。"亚说。

"再见。"泽向亚道别。

"再见。"亚说。

教室里的隐身人

皮皮鲁有话说

听说每个教室里都有隐身人,只不过绝大多数隐身人不会被师生发现。据说他们都藏在靠窗户正数第二个座位下面。

一

今天是全市爱牙日,六(2)班的蒋老师要求全班同学上学时带一筒牙膏,她想加深同学们对刷牙的重要性的认识。

鲁西西带的是一盒皮皮鲁牙膏。皮皮鲁牙膏盒里装有两支牙膏,一支早晨专用,一支晚上专用,是最新款的早晚型双支装牙膏。

蒋老师让同学们轮流介绍自己的刷牙方法和使

用的牙膏牙刷,轮到鲁西西了。

鲁西西打开书包,皮皮鲁牙膏不见了。鲁西西清楚地记得自己早晨刷完牙后就将皮皮鲁牙膏放进了书包。

"鲁西西,你忘带牙膏了?"蒋老师有点儿不满意地看着鲁西西。她最讨厌学生忘带东西。有一次,王磊忘了带尺子,她让王磊在黑板上写 100 遍"上学必须带尺子"。

"没忘。带来了,可牙膏不见了。"鲁西西把书包里的东西都拿出来了,确实没有皮皮鲁牙膏。

"这怎么可能?"蒋老师不喜欢强词夺理的学生。

鲁西西尴尬地站在那里,不知所措。

"你刷牙吗?"蒋老师问。

"刷。"鲁西西回答。

"每天刷几次?"蒋老师又问。

"早晚各一次。"鲁西西说。

"用什么牙膏?"蒋老师问。

"皮皮鲁牙膏。"鲁西西说。

蒋老师知道皮皮鲁牙膏是早晚型,使用该牙膏的孩子都能自觉坚持早晚刷牙。

"你坐下吧。"蒋老师今天比较宽容,要在往常,鲁西西可能会因为忘带东西而被罚站一节课。

坐在鲁西西后边的孙亿也找不到牙膏了。

"蒋老师,我真的带了,也找不到了。"孙亿委屈地说。

一共有二十多位同学声称自己带了牙膏却找不到了。这些丢牙膏的同学有一个共同特点，他们带的都是皮皮鲁牙膏。

"这怎么可能？"蒋老师脸色变了，"没带牙膏的全站起来！"

鲁西西和所有找不到牙膏的同学都站起来了，他们有口难辩，他们确实没忘带，可都找不到了。他们带的都是皮皮鲁牙膏。

"牙齿是人身上最硬的器官，可同时又是最软的，很容易脱落和被虫蛀，必须从小养成爱护牙齿的习惯。从你们今天忘带牙膏就可以看出，你们对保护牙齿是不重视的……"蒋老师训斥忘带牙膏的学生。

所有站着的同学都感到委屈，他们确实带了牙膏。

"罚你们站一节课，要不然你们不会重视保护牙齿的。"蒋老师宣布。

"老师，您这样做不公平。"鲁西西抗议。

"为什么？"蒋老师怒目而视鲁西西。她最不能容忍学生当众顶她。

"我们确实带牙膏了。"鲁西西说。

"鲁西西！"蒋老师用威严的声音警告鲁西西，她正准备训斥鲁西西，忽然觉得自己的兜里鼓鼓囊囊的。

蒋老师将手伸进衣兜，她摸到了一个方纸盒。蒋老师把纸盒从兜里拿出来一看，愣了，是一盒皮皮鲁牙膏！

"我的牙膏！"站着的二十几位同学异口同声。

蒋老师又从自己的各个衣兜里掏出七八盒皮皮鲁牙膏。

有的同学忍不住笑出声来。

"谁干的？"蒋老师认定这是恶作剧。

可哪位同学敢把同学的牙膏放到老师口袋里呢？再说,他怎么能在蒋老师毫无察觉的情况下将皮皮鲁牙膏放进她的衣兜呢？而且还不止一盒！

蒋老师拉开讲台桌的抽屉,她吃了一惊,抽屉里全是皮皮鲁牙膏。她数了一下所有的皮皮鲁牙膏,正好是站起来的学生的数量。

"你们坐下吧。"蒋老师清楚自己冤枉了这些学生。但她仍然认定有学生搞恶作剧。

"这事儿是谁干的？下课后去我的办公室坦白。如果等我查出再说,就晚了。"蒋老师威胁道。

教室里静悄悄。

第二节课是语文考试,不是大考,属于单元测验那种。

"梁劲,你如果今天再考不及格,我就要找你爸爸了。"蒋老师对梁劲说。

梁劲语文不好,但数学不错。可是老师并不因为梁劲数学好而表扬他。梁劲因为语文不行而自卑。

其实,合格的教师和父母的标志是发现孩子的优点,告诉他什么地方行。不合格的教师和父母的标志是发现孩子的缺点,告诉他什么地方不行。

梁劲今天这是第二次站起来了,第一节课时他也因为丢了皮皮鲁牙膏而被罚站。

卷子发下来了,梁劲很紧张,他生怕考不好导致蒋老师去找他爸爸,梁劲的爸爸对他挺严厉。

梁劲开始答题,第一道他就不会,他始终弄不清什么是主语什么是谓语。

"我来帮你。"一个很小的声音贴在梁劲耳朵上说。

梁劲扭头看,身边没人!

"梁劲,你看什么?"监考的蒋老师明察秋毫之末。

梁劲赶紧埋头看题。

梁劲突然感到有一只大手抓住了他握笔的右手。

"你干什么?"梁劲本能地喊。

全班同学都看梁劲。

蒋老师走到梁劲身边。

"你怎么了?"蒋老师问。

"有人抓我的手。"梁劲说。

"这怎么可能,我一直看着你,没有任何同学离开位子到你这儿来。"蒋老师厉声说。

梁劲不吭声了,他刚才也确实没看到有同学到他身边来,可他的确感到有一只手攥了他的手一下。

"你别嚷嚷,我帮你考语文。"那个声音又出现在梁劲耳边。

这回梁劲不敢嚷嚷了，他用右胳膊肘往发出声音的那一边碰了碰,他刚要喊,一只看不见的大手捂住了他的嘴。

梁劲的胳膊肘触到了一个人的身体，而那个身体所待的地方却什么也没有！

那个看不见的人用手捂住了梁劲的嘴。

"别怕,我是隐身人,我帮助你考语文。"隐身人说。

梁劲一脸的惊讶。

"你怎么了？"蒋老师问梁劲。

"没……没什么……"梁劲支支吾吾。

蒋老师瞪了梁劲一眼。

那只无形的大手又攥住了梁劲握笔的手，它把着梁劲的手写字,答题。

第一道题答完了,梁劲一看,认为非常正确。

那只手又帮助梁劲答第二道题。

梁劲在全班第一个答完考卷。

"去交卷吧！"那隐身人说。

梁劲站起来。

"你又干吗？"蒋老师站在讲台上问梁劲。

"交卷。"梁劲说。

"交卷？你答完了？"蒋老师不信。往常,每逢语文考试,梁劲都是最后几名交卷。

梁劲将考卷交给考师。

老师边看眼睛边膨胀。完全正确的答案。

"这不是你的字吧？"蒋老师发现了破绽，考卷上确实不是梁劲的笔迹。

二

"是我写的。"梁劲硬着头皮说，"谁能帮我写呢？您一直没离开过教室呀！"

蒋老师的确没有看见任何人接近过梁劲，可她熟悉班上每一位同学的笔迹，这字分明不是梁劲的，倒像是一个成年人的字迹。

"梁劲，你把这段话抄一遍。"蒋老师想出一个办法，她要当场验证梁劲的笔迹。

梁劲傻眼了，蒋老师就站在他的左边看着他写。

梁劲拿起笔，他不知怎么办好，因为他的笔只要一接触纸，就等于宣布刚才的字不是他写的。

就在这时，隐身人的手又攥住了梁劲的手，他再一次把着梁劲的手写字，他是来为梁劲解围的。

蒋老师不相信自己的眼睛，梁劲当着他面写的字和刚才考卷上的一模一样，而这又确实是一个大人的笔迹。

"是我写的吧？"梁劲抬头问老师。

蒋老师一句话没说，回讲台上收考卷去了，她觉得今天怪事挺多。

下第二节课后，鲁西西想去教室外边呼吸一下新鲜空气，她从座位上站起来，刚要往外看，撞到了一个人身上。

"对不起。"鲁西西脱口而出。可当她抬眼看时，身边并没有人。

"鲁西西，你在和谁说话？"马婷婷问。

"我明明和一个人撞上了，可他又没了。"鲁西西发愣。

站在一边的梁劲走过来。

"咱们的教室里有个隐身人。"梁劲小声告诉鲁西西。

"隐身人？"鲁西西不信。

梁劲把刚才考试时发生的事讲给鲁西西听。鲁西西瞪大了眼睛。

"你们看！"靳航大喊。

同学们都朝靳航看去。

靳航课桌上的铅笔盒自己升到了空中，铅笔盒的盖自己打开了，里边的铅笔又自己出来了，在空中比划着。

全班同学都呆了。

"是隐身人！"梁劲宣布。

"隐身人！"同学们重复这句话。

胆小的同学开始往后躲，刘夏莹提议去叫蒋老师。

悬在空中的铅笔盒又在靳航的课桌上着陆了，是软着陆，不是摔下来的。

这时，上课铃响了。

蒋老师夹着教材走进教室，她发现同学们神情不对。

"怎么了？出了什么事？"蒋老师问。

原林举手。

蒋老师示意他说话。

"蒋老师，咱们教室里有个隐身人。"原林说。

"隐身人？"蒋老师没听明白。

原林把刚才靳航的铅笔盒自己升到空中的情景讲了一遍。

"谁出的主意？今天可不是愚人节。"蒋老师说。

"是真的，我们都看见了。"李潇说。

"赵昊，你看见了吗？"蒋老师点名问赵昊，赵昊是班长。

"看见了。"赵昊证实。

蒋老师皱起了眉头，她怎么也没想到，班干部也参与给她捣乱，而且是在上课的时候。

"全站起来！"蒋老师发火了，"你们……"

她想说"你们到底想干什么"，可她只说了"你们"两个字，嘴就被人堵上了。

谁这么大胆，敢上来堵老师的嘴！

蒋老师的眼睛往下看，看不见任何东西，可她的嘴分明被一只手状的东西堵着，她说不出话。

蒋老师抬手摸着自己的嘴，她摸到了一只手，可她看不见它，她使劲儿掰那只手，她没它劲大。

同学们看着老师在讲台上和空气搏斗。

"是隐身人！"梁劲最先反应过来。

"隐身人要绑架老师？"赵昊说。

"去帮蒋老师！"王磊提议。

别看蒋老师平时对同学很严厉，可当老师遇到难处时，哪位同学都不会袖手旁观。

男同学们冲上讲台。

堵住蒋老师嘴的那只手消失了。

蒋老师感激地看着赶来保护她的男生们，她看到那些平时爱恶作剧的男孩子冲在最前边。

"您相信有隐身人了？"靳航问蒋老师。

蒋老师点点头，她要去找校长，她必须对全班同学的安全负责。

"你们互相关照一下，我去叫校长。"蒋老师跑出教室。

正在办公室看书的校长听了蒋老师的话皱起了眉头：

"你说什么？隐身人？你们班的教室里有隐身人？"

"千真万确。学校必须马上采取措施，否则学生们的安全没有保障，我的安全也受到威胁。"蒋老师心急火燎地说。

"你今天是怎么搞的？身体不舒服？"校长看着蒋老师问。他根本不信世界上有隐身人。

"您跟我去教室看着。"蒋老师要求。

校长无可奈何地跟着蒋老师来到六(2)班教室。

"你们教室里有隐身人？"校长问全班同学。

"有。"同学们回答校长。

"在哪儿？"校长问。

"看不见呀！"马婷婷说。

"如果碰到就能感觉到。"鲁西西说。

校长把教室看了一遍。

"是错觉吧？"他说。

"怎么会这么多人同时产生错觉呢？"蒋老师说。

"先上完这节课。"校长说。

"我们不敢再上课。"蒋老师说。

校长想了想，说：

"那好，我去叫几个男老师来。"校长走了。

"其实，那隐身人心眼挺好。"梁劲小声对鲁西西说。

"听你刚才说他帮你考试，是挺不错的。"鲁西西同意。不知怎么搞的，她挺为隐身人担心，她不希望校长带人抓住隐身人。

七八个男老师跟着校长来了。

校长让同学们都离开教室，男老师手拉手把整个教室过了一遍，没有碰上隐身人。

"放心了？"校长问蒋老师。

蒋老师不置可否地点点头。

继续上课。校长站在门外观察了一会儿，看到什么异常现象也没有，他摇摇头，走了。

蒋老师一进入授课，就全神贯注了，她暂时忘了隐身人的存在。

可每当她使用生硬的口气训同学时,隐身人就出现了,那只无形的大手就堵住她的嘴,不让她训学生。

同学们兴奋了,他们突然意识到隐身人是站在学生一边的。

在这个世界上,最有价值和魅力的,是肉眼看不见的东西。看不见和喜欢是孪生姐妹,看见了和不喜欢是孪生兄弟。无形的东西最实在,有形的东西最虚无。

鲁西西想和隐身人交朋友,她喜欢看不见的东西。

梁劲也想和隐身人交朋友。他懂得一个道理:记住帮助过你的人,忘记你帮助过的人。

三

有几位家长听说了隐身人的事,不干了,他们找到校长,说是孩子的教室里有鬼,要求给自己的孩子换班。他们担心孩子的安全。

校长给公安局打电话,公安局派来了一名警察坐在六(2)班的教室里和同学们一起上了两天学,抓隐身人。

校方原担心孩子们不习惯和警察在一起学习,没想到同学们十分适应。用王磊的话说,老师比警察厉害多了。

两天过去了,隐身人一次也没有出现。

警察离开时写了一份蹲守报告。报告证实,六(2)班教室里根本没有什么隐身人。

校长将公安局出具的盖有大红章的证明复印了几十份，发给每位学生家长一份，让家长们吃定心丸，不要再闹着给自己的孩子换班。

这天，蒋老师带全班同学去郊外春游。在爬山时，蒋老师突然晕倒了。

"蒋老师晕倒了！"最先发现蒋老师昏迷的鲁西西大喊。

"蒋老师！"赵昊摇晃倒在地上的蒋老师。

"蒋老师，你怎么了？"李潇着急地问。

同学们没了主意。

"必须赶快把蒋老师送到医院去。"鲁西西说。

蒋老师的身体偏胖，同学们抬不动。

就在同学们万般无奈时，蒋老师的身体突然自己升到了空中，只见她面朝前，两腿不挨地。

同学们吓坏了，刘夏莹还发出了一声尖叫。

"隐身人！"孙亿最先想到了隐身人。

"没错，是隐身人！"鲁西西摸摸蒋老师身子下边，她摸到了一个人——一个看不见的人。

隐身人背着蒋老师往山下跑，同学们跟在后边跑。

越到山下游人越多，游人们看见一位老师悬空着身体在前边飞行，她的身后跟着一群学生。游人们大惊失色，一个个傻站在两边，嘴巴一个比一个赛着大张。

到了山下的公路边，同学们拦车，可没有一个司机停车。

"这些司机一点儿同情心也没有。"原林忿忿地说。

"蒋老师又飞了。"马婷婷说。

隐身人见拦不到车,索性背着蒋老师往医院跑。一位路人刚才告诉同学们不远的地方有一座医院。

终于到医院了。

"去急救室!"鲁西西跑到隐身人前边带路。

急救室的医生看见一个昏迷的人悬空着飞到他面前,医生的脸色变得惨白。

"她……她……是什么……"医生结结巴巴地问同学们。

"我们的老师,她昏迷了,请您救救她。"靳航说。

"她……怎……么……自……己……会……"医生看见蒋老师在没有任何人帮助的情况下,自己在空中翻身躺在了床上。

"您快给她看病吧!"鲁西西催促医生。

医生战战兢兢地给蒋老师做体检。

"疲劳过度,休克,睡眠严重不足。"医生说,"打一针就会醒过来。"

护士给蒋老师打针。

同学们松了一口气。

由于作业量大,蒋老师每天晚上都要批改作业至深夜,原来,家庭作业多受害的不光是学生,还有老师。

蒋老师醒过来了,当她知道自己的经历后,感激地向学生们致谢。

"您应该感谢隐身人！是他背您来的。"梁劲说。

"对，是隐身人把您从山上背到医院来的！"同学们一起说。

"隐身人！"蒋老师从急救观察室的病床上探起身子，她要当面谢隐身人。

"隐身人，你在哪儿？"鲁西西满屋子看。

同学们也都往身边摸。

"我在这儿。"一个男声出现在蒋老师床边。

蒋老师伸手一摸，触到了隐身人。

"谢谢你救了我。"蒋老师说。

隐身人握住蒋老师的手，说：

"应该的，我还要谢谢你带我出来春游，外边真美。不过，我还要请你原谅，没经过你的同意，我就加入了你们的队伍。"

同学们兴奋了，他们轮流和隐身人握手。

"隐身人，你为什么老待在我们教室里？你吃什么？"马婷婷问。

"我的食物是皮皮鲁牙膏，我每天只要吃两口就行。我还喜欢闻皮皮鲁牙膏的香味儿，愿意和用皮皮鲁牙膏的人在一起。你们班很多同学使用皮皮鲁牙膏，所以我喜欢待在你们班。"隐身人说。

怪不得那天那么多皮皮鲁牙膏莫名其妙地离开了同学们的书包，原来是隐身人在和同学们逗着玩。

"隐身人，你别走了，就待在我们班吧！"蒋老师说。

这话从蒋老师嘴里说出来，同学们感动极了。

"可以。不过，您一定要对孩子们和蔼，您如果答应我的要求，我就留下来。对了，还要少给孩子们留作业。"隐身人说。

"我答应你的要求。"蒋老师说。

"我不离开六(2)班。"隐身人说。

同学们欢呼。

闻声从隔壁赶来的医生瞪同学们：

"干什么？这里是医院，醒了就走吧。"

第二天一上课，蒋老师说，后天学校要开一个联欢会，庆祝校庆，每个班出一个节目，还要评比，老师让同学们出主意。

"大合唱吧！"靳航说。

"咱们班每次都是大合唱。"原林反对。

"那就让孙亿拉手风琴吧！"梁劲说。

"孙亿从一年级就上台拉琴，不新鲜了。"王磊说。

"咱们班表演魔术，准得第一。"鲁西西提议。

"魔术？谁会？"蒋老师没听过自己的哪位学生会魔术。

"咱们有隐身人，他可以帮咱们。"鲁西西说。

"太棒了！"

"鲁西西万岁！"

同学们兴奋得手舞足蹈。

蒋老师乐了。

隐身人很愿意和同学们合作表演魔术，为校庆联欢会增彩。

同学们开始紧锣密鼓地排练。

校庆那天,校园里人山人海,从这所学校毕业的人几乎都赶来参加校庆,其中有不少名人。校友里,还有著名魔术表演艺术家和气功大师,他们也来了。

联欢会开始。老校友和在校的同学们轮流上台演节目,气氛十分热烈。

著名魔术表演艺术家为同学们表演了精彩的魔术,博得了全场的阵阵掌声。

"下一个节目,六(2)班的魔术表演。"报幕员宣布。

六(2)全班同学包括蒋老师全部登台。

"这么多人演魔术?"观众们想笑。

魔术大师也不明白这么多人怎么表演魔术。

校长后悔没先审查节目。他怕六(2)班出洋相。

四

"我们先表演手指悬空。"鲁西西对观众说,"我的手指能让一位同学身体悬空。"

没人相信。

鲁西西走到舞台的一侧,只见她用手指原林,并且将手指往上挑。

距离鲁西西五米远的原林的身体升到空中,原林身边没有任何人。

所有师生在愣了几秒钟后,立即报以雷鸣般的掌声。

是隐身人举起了原林。

鲁西西又接着指靳航。

靳航也升到了空中。

暴风雨般的掌声和欢呼声。

魔术大师校友傻眼了。

"我们班刚练魔术,还请我们的校友魔术大师多指教。"鲁西西冲台下说,"老师,我要用手指将魔术大师的帽子吸到台上来。"

全场鸦雀无声。大家都知道,校友魔术大师在国际上都有名,他对魔术的内幕了如指掌,当众拿他戴在头上的帽子当变魔术的道具,其难度可想而知。

鲁西西在台上用手一指魔术大师,然后手指做勾引状,只见魔术大师的帽子徐徐脱离了魔术大师的头,飘到了空中。

全场鼓掌。

魔术大师目瞪口呆。他知道,不管他怎么变魔术,都需要有"托儿"配合才行。而鲁西西变走了他的帽子,绝对没有"托儿"配合。

魔术大师的帽子缓慢但坚定不移地飘到鲁西西手中。

连校长都把手拍红了。

魔术大师激动地跑到台上,他对鲁西西说:

"小师妹,你的功夫很棒呀!谁教的?"

"我们班同学都会,不信你随便找一个试试。"鲁西西要让全班同学都出风头。

魔术大师半信半疑地叫站在他身边的赵昊:

"小师弟,你给我露一手?"

赵昊说:"我能让我这件外衣自己在台上跳舞。"

魔术大师示意赵昊表演。

赵昊脱下外套,顺手扔到空中。

外套在空中做各种跳舞的动作,一会儿旋转,一会儿扭迪斯科。

全场欢呼。

魔术大师成了瞪眼大师,他非要六(2)班的师生教他,还说他甚至可以重新上一遍小学。

蒋老师婉言谢绝了魔术大师的要求。六(2)班的师生曾答应过替隐身人保密,隐身人认为,知道他的人越多,他越不安全。

魔术大师不干,他清楚,就凭六(2)班同学刚才表演的魔术,到国际魔术节拿金奖都绰绰有余。

校长做蒋老师的工作也没用。

"我可以检查一下他们的衣兜吗?"魔术大师退了一步。

校长同蒋老师交涉。

同学们同意了。

魔术大师发现六(2)班同学的身上除了每人有一筒皮皮鲁牙膏外,什么也没有。

"他们装牙膏干什么?"魔术大师百思不得其解。

现在,六(2)班的同学每天上学都装皮皮鲁牙膏,他们争着给隐身人送吃的。他们还每天用皮皮鲁牙膏刷牙,为了让隐身人闻着高兴。当然,牙齿也从此再不被虫蛀。

在星期二放学的路上，王磊遭到了两个十六七岁的大男孩儿的抢劫。他们向王磊要钱，王磊说没有，他们强行从王磊身上搜走了十元钱，还打了王磊几个嘴巴。

第二天上课时，蒋老师发现王磊的脸上有红红的指头印。

"王磊，你的脸怎么了？"蒋老师问。

王磊把昨天放学路上遇抢劫的事说了。

"真不像话。"蒋老师气愤地说，"最近别的班的同学在放学的路上也有被劫的，希望同学们提高警惕，最好结伴走。"

"我护送你们。"隐身人说。

"隐身人，教训那几个坏小子！"靳航说。

"对，治治他们！"鲁西西也说。

"包在我身上。"隐身人拍胸脯。大家只听见声音，看不见他的动作。

"我提个建议，隐身人和咱们在一起，咱们看不见他，特不方便。咱们能不能让隐身人在教室里戴一顶帽子，这样，他在哪儿，咱们就知道了。"马婷婷说。

"要是来外人呢？比如说校长。"梁劲问。

"来了外人，隐身人马上摘下帽子放在课桌上就行了。"原林说。

"我同意。不过出教室就得摘了，要不人家看见一顶帽子自己在空中行走，还不吓着呀！"隐身人说。

李潇将自己的舒克贝塔棒球帽递给隐身人,隐身人将舒克贝塔棒球帽戴在自己头上。同学们看见帽子悬在空中,很是好玩。隐身人在教室里走到哪儿,舒克贝塔棒球帽就飘到哪儿。

放学时,由隐身人护送王磊回家。和他们一起走的还有鲁西西、刘夏莹和赵昊。

"就是他俩!"王磊看见了昨天劫他的两个小子又站在原地。

"看样子还要劫。"鲁西西从那两个人脸上看出他们不怀好意。

"你们大胆走过去,我来教训他们。"隐身人说。

同学们底气十足地朝拦路虎走过去,无形的保镖即使手无缚鸡之力,也比有形的彪形大汉厉害十倍。

真正所向无敌的东西,是无形的。

"站住!"一个小子大喝一声。

"干什么?"鲁西西问。

"还挺横,大哥向你们借点儿钱。"另一个小子说。

"你们最好别惹事,她会气功。"王磊说。

"嚯,今天带了个女保镖呀!"小流氓嬉皮笑脸地对王磊说。

"会什么武功?大哥也见识见识,少林拳?南拳?猴拳?"另一个问鲁西西。

"她会无形拳,隔着十几米能打你。"赵昊说,"你们最好别惹她,快点儿逃跑。"

"还得把昨天抢王磊的钱还给他。"刘夏莹说。

"还钱？大爷我自打生下来就没学过还钱。今天不但不还，还要再借 50 元。"其中一个卷头发的小子朝鲁西西走过来。

"站住！"鲁西西喝道。

"我要不站呢？你不是会什么无形拳吗？打呀？"卷毛一边朝前走一边说。

鲁西西象征性地挥了一拳，距离卷毛有两米远。

卷毛脸上重重挨了隐身人一拳。

"哎哟，妈的，怎么搞的？"卷毛一时没反应过来，他捂着被打青的脸。

"你还他妈真打呀！"卷毛的搭档也没意识到鲁西西真是隔着两米打的卷毛，他抄起一块砖头朝鲁西西砸过来。

砖头飞到一半儿时，像导弹那样拐弯了，接着它又往回飞，击中了卷毛搭档的鼻子。他的鼻子不幸地流血了。

卷毛拔出刀子，他要和鲁西西拼命。

鲁西西冲卷毛飞起一脚——隔着一米远。

卷毛手中的刀掉在地上。

鲁西西扬手又是一拳——隔着一米。

卷毛仰面朝天倒在地上。

五

卷毛的搭档拔腿想跑，被隐身人绊了个跟头。他刚站起来，又是一个跟头。他趴在地上不敢动了。

“还他钱！”鲁西西走到两个趴在地上的小流氓身边，指着王磊对他们说。

卷毛掏出十元钱。

“还有利息！”刘夏莹不善。

“以后谁再敢抢劫小同学，我就让他再也站不起来。”鲁西西过足了江湖女大侠的瘾。

本事再大的人，也对付不了看不见的对手。这就是伟人往往败在癌细胞手下的道理。

第二天一上课，王磊就向全班同学讲述隐身人大战小流氓的精彩过程，听得全班同学眉飞色舞，蒋老师也兴奋不已。

自从隐身人和六（2）班的师生交上朋友后，全班同学和蒋老师的关系变得像朋友一样融洽。过去，蒋老师在同学面前总是板着面孔，拿着所谓老师的架子。其实，真正有自信的老师才不会这样。

现在，蒋老师一点儿也不像老师了，她甚至要求同学们对她直呼其名。

合格的老师都不像老师。

同学们过去特别讨厌上学，他们觉得学校和监狱差不多，没有任何自由。有了隐身人以后，同学们来了 180 度转弯，做梦都梦见上学。大家争先恐后给隐身人带皮皮鲁牙膏，和隐身人玩。大家最感谢隐身人的，是他不让蒋老师多留家庭作业。

说来也怪，越是不留家庭作业，六（2）班的学习成绩越好。而邻班的老师却不断向校长反映，说是六

（2）班课堂纪律太差，老是哄堂大笑。

校长近来也感到六（2）班挺怪，这天，他悄悄来到六（2）班，躲在走廊里通过门上的窗口往班里窥视。

校长惊讶地发现六（2）班的同学在课堂上可以采取任何姿势听课，有的同学站着，有的同学坐在桌子上，还有的干脆把腿跷到桌子上。

蒋老师对这些视而不见，她像侃大山一样给同学们授课。

想发言的同学不用举手，张开嘴就说。

校长皱起了眉头。

他突然看见蒋老师身边悬在空中一顶舒克贝塔棒球帽，蒋老师还时不时向空中的帽子说几句话。

校长想起了校庆联欢会上的魔术表演。他又想起了六（2）班闹鬼说有隐身人的事。

"难道他们班真的有隐身人？"校长不得不做这样的假设，否则他无法解释。

校长清楚隐身人的价值。隐身人可以通过无形的身体创造有形的奇迹。

校长做梦都想当区教育局长，而他的竞争对手是全区所有中小学校长。当局长的惟一办法就是提高升学率。这个升学率，实际上是升重点中学率。

校长产生了一个伟大的想法，他想让隐身人去弄重点中学的入学考卷。

校长推门走进六（2）班教室。

蒋老师几乎是同步将隐身人头上的舒克贝塔棒

球帽摘下来戴在自己的头上。

"同学们好！"校长拿出首长检阅的姿态。

"校长好！"同学们不知校长要干什么。

"你们班最近进步很大，"校长突然醒悟了，说不定，蒋老师就是靠隐身人偷考卷使全班成绩上升的呢，"我祝贺你们。"

同学们鼓掌。

"我记得你们过去说过，你们的教室里有个隐身人，是吗？"校长切入正题。

同学们不吭声了，他们看蒋老师。

"你还去我的办公室为这事找过我。"校长提醒蒋老师。

蒋老师一会儿点头一会儿摇头。

"能让我认识一下隐身人吗？"校长笑眯眯地说。

"没……有……隐身人……"蒋老师犹豫了一下，说。

"我刚才都看见了，他还戴着你头上这顶舒克贝塔棒球帽。"校长看着蒋老师的眼睛，说。

"这帽子一直戴在我头上。"蒋老师不得不撒谎。

"我亲眼看见的。"校长一字一句地说。

"这世界上根本不可能有隐身人。"蒋老师作最后的抵抗。

"这世界上什么人都可能有。"校长说。

同学们对校长这句话感到害怕。

"我想和隐身人谈谈，咱们学校需要他的帮助。"

校长对蒋老师说。

蒋老师看同学们。

同学们看空气，他们觉得这要由隐身人自己决定。

"咱们可以谈谈。学校要我帮什么忙？"隐身人说话了，他问校长。

校长欣喜若狂，他对着会说话的空气，激动得下巴直哆嗦。

"咱们到走廊去谈。"校长的计划不能泄露。

"可以。"隐身人同意。

校长走出教室，靠在走廊的窗台上。

"你在吗？"校长问。

"在，您请讲。"隐身人已经站在校长的对面。

"我希望我的毕业生都能上一所好的中学。"校长开门见山。

"重点中学？"隐身人问。

"对。但上重点中学的竞争非常激烈，全市小学毕业生中只有百分之零点五的人能上重点中学。"校长说。

有位教师从走廊穿过，她看见校长一人倚着窗台自言自语，十分惊奇。她走过去后还不断回头看。

"上重点中学真不容易，其实……"隐身人还没说完，就被校长打断了。

"我要对我的学生负责，我要尽最大努力让他们中间有更多的人能考上重点中学。"校长说。他觉得这种交谈很吃力，因为他看不见对方。

隐身人不知为什么叹了口气。

"我想请您帮助我，帮助我的学生。"校长说。

"我？我能帮助您的毕业生上重点中学？"隐身人问。

"对，您能帮这个忙，我感觉得出，您是一个爱孩子的人。"校长给隐身人戴高帽。

"请明示。"隐身人说。

"您利用您的无形身躯去重点中学看看入学考卷，把题告诉我。"校长压低声音说。

"作弊？！"隐身人大吃一惊。这话要是从一个学生嘴里说出来，隐身人不至于吃惊。可说这话的是一校之长，而且，该校长曾连续七年获得优秀思想工作者称号。

"其实，现在的考试很不科学，根本考不出学生的才能，全是死记硬背，充其量测验的是记忆功能。这种考试，即使漏题作弊，对学生也没什么危害。"校长为自己的行为辩解。

"我看您平时对本校的考试抓得很紧，平均二三天考一次，如果像您刚才说的那样，您不该这么看重考试。"隐身人说。

"那也是没办法，上边要分数嘛。"校长有点儿尴尬。

"这个忙我不能帮。"隐身人拒绝了校长的请求。

"您不希望六（2）班的同学都上重点中学？您不希望他们将来有出息？"校长看出隐身人和六（2）班

的学生有很深的感情。

"上重点中学和长大有没有出息一点儿关系也没有。"隐身人以他那无形的眼睛看世界,比有形的眼睛看世界透彻得多。

"如果你不答应,你就不能再在六(2)班待下去了。"校长说。

"为什么?"隐身人开始讨厌这样的政治思想先进工作者了。

"无关人员不可以在教室里干扰正常教学。你已经把六(2)班弄得乌烟瘴气了。"校长说。

"你……"隐身人气得说不出话来。

"你当然可以赖着不走,但你只要在,我就停他们班的课。我还可以报警,让警察在放学后往教室里扔催泪弹。"校长足智多谋。

隐身人沉默。他已经离不开六(2)班了。

"我给你半天时间考虑,明天一早答复我。"校长说完走了。

隐身人回到教室,把校长的话转告给蒋老师和同学们。

"同学们说怎么办?"蒋老师问。

同学们不想用这种方法上重点中学,但他们也不想失去隐身人。

必须做出选择。

"他是靠什么当上校长的?"靳航冒出这么一句话。

"我走。"隐身人说。

"隐身人不能走！"

"对，我们不让你走！"

"我们离不开你！"

同学们情绪极为激动。

"校长会叫警察来抓隐身人的。"蒋老师神情黯然地说。

同学们为隐身人的安全担心。

"我暂时离开一段时间。"隐身人安慰同学们。

"你去哪儿？"鲁西西问。

"当然是去有皮皮鲁牙膏的地方。"隐身人说。

有个女生哭了。

教室里马上成了眼泪的海洋。

大家看见隐身人也哭了。他的眼泪像雨一样从空中洒落到地面上。

第二天，隐身人没有出现在六（2）班教室里。

校长叫来了警察。

警察搜查过教室后，建议副校长带校长去精神病医院做体检。

后来，六（2）班没有一个同学上重点中学。有意思的是，全班有 12 名同学考上了重点中学，但他们坚决不去。

小蚂蚱和小蜻蜓

皮皮鲁有话说 在这个问题上我和鲁西西分歧比较大，我站在小蚂蚱一边，鲁西西站在小蜻蜓一边。我希望你也站在小蚂蚱一边，他的话确实有道理，不是吗？

　　一只小蚂蚱和一只小蜻蜓在田间小憩时栖息在同一片庄稼叶上。以下是他们的交谈录音。

　　"别看咱们躺在一起，其实咱们不一样。"小蜻蜓说。

　　"哪儿不一样？"小蚂蚱问。

　　"我是益虫。你是害虫。"

　　"谁定的？"

　　"人。"

　　"为什么？"

135

"我吃蚊子。你吃庄稼。"

"为什么吃蚊子就是益虫吃庄稼就是害虫？"

"蚊子吃人血。人吃庄稼。"

"这个世界是围着人转的？"

"是。"

"我觉得不是。不信咱们问问上帝？"

"问吧。"

小蚂蚱掏出手机给上帝打电话。上帝答复他说地球是大家的，是属于所有生命的。

"怎么样？"小蚂蚱问小蜻蜓。

"这……"

"我现在宣布，人是害虫。"

"为什么？"

"人和我们蚂蚱抢庄稼吃。"

"！"

"你也是害虫。"

"为什么？"

"你帮人，帮害虫的东西当然是害虫。"

"！"

"依我看，在这个世界上，所有生命对别的生命来说都是害虫。"

"照你这么说，地球上没有益虫了？"

"地球上的所有生命在上帝那儿都是益虫。"

休息够了，小蜻蜓继续吃蚊子，小蚂蚱继续吃庄稼。

老鼠整容

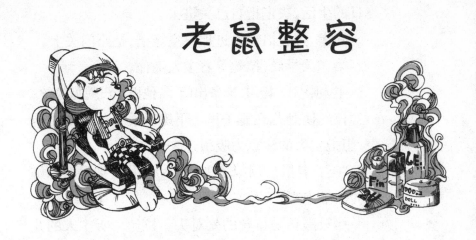

**皮皮鲁
有话说**

拉丝是《老鼠打电话》里莫达的朋友,是莫达通过114查号台帮拉丝找到美容院的。(《老鼠打电话》收录于《皮皮鲁总动员》之《皮皮鲁和梦中人》。)

一

小老鼠拉丝发现了一个奇迹:他居住的这座房屋里的主人不知从哪儿弄来一只松鼠,关在笼子里,每天还喂他好吃的!

拉丝纳闷了:他在野外见过松鼠,那些家伙偷起粮食来一点儿也不比老鼠差,为什么人却收养他们呢?

拉丝终于明白了,一定是因为松鼠被关在笼子里,不能再去偷粮食了,所以人也就对他好了。

房间里还有一只空笼子。拉丝为了能过上饱食终日的生活,决定把自己关进去。

晚上,拉丝悄悄钻进那只空笼子,把小门关上。

第二天早晨,拉丝等着主人喂他。

主人喂完了松鼠,准备出门了,他根本没看见拉丝。

拉丝使劲儿在笼子里上下蹦跳着,故意发出响声,想把主人的注意力吸引过来。

"啊!老鼠!"主人惊叫道,"大明,快把隔壁二婶家的黑猫抱来!"

那只黑猫是拉丝的死对头。拉丝一听主人的儿子去抱黑猫了,他慌忙推开笼子的小门,夺路而逃。

"总算没落到黑猫手里,谢天谢地。"拉丝喘着粗气跑回洞里。

二

拉丝越想越生气,干吗他松鼠可以享受这般高级待遇,而他拉丝却不行? 如果松鼠不偷粮食,拉丝不会眼红,可松鼠偷得比拉丝一点儿不差。

"主人不知道他也偷粮食吧?"

拉丝决定去问问松鼠。

这天,趁房间里没人,拉丝爬到关松鼠的笼子上。

"老弟,那天吓坏了吧?嘻嘻。"拉丝还没开口,松鼠先说话了,他嘲笑拉丝。

"你别得意!"拉丝被激怒了,"你也偷吃粮食,别在这儿人模狗样地装正经,我告诉你的主人去!"

"告诉去吧，主人早就知道！"松鼠满不在乎地说，"他们的《辞海》里都写着呢！知道《辞海》吗？那书厚得能砸死你。再说一遍，《辞海》里都写着我们松鼠也偷粮食吃。"

拉丝愣了。

"那……那他们干吗还养着你？"拉丝嫉妒了。

"我长得漂亮。"松鼠边说边故意在拉丝面前摇了摇大尾巴。

拉丝明白了，只要长得漂亮，偷多少粮食都没关系。人恨老鼠，并不是因为老鼠偷粮食，而是因为他们长得难看。

拉丝泄气了，长相是无法改变的。再没有比提前知道自己一生都不会有出头之日更令人伤心的事了。拉丝绝望了。

晚上，拉丝忽然想起大街上有一座美容院，听说长得难看的人进去后能变得好看。生活在美容院里的老鼠一定会整容——看也看会了！

拉丝兴奋了，他决定去美容院整容。

三

拉丝来到美容院，找到了居住在这里的同胞。

"能给我整容吗？"拉丝开门见山地问。

"你，整容？"同胞们吃了一惊。他们还是头一次听说老鼠整容。

拉丝肯定地点点头。

"干吗整容?你不是很漂亮吗?"一位鼠姑娘酸溜溜地说。

"你看着漂亮,人看着可不漂亮!你们能按照人的标准给我整容吗?"拉丝接着说出自己的想法。

老鼠们觉得这是个新鲜事儿,说不定整容后真能受到人类的宠爱。反正又不是在自己身上做试验,让这位非亲非故的同胞去冒一次险,无关痛痒,也许能改变大家的命运呢!

美容院的老鼠们同意给拉丝整容。他们对整容的方法早就看会了,只需把一些工具改装得小一些就行,这难不住老鼠们。一个小时后,准备工作完毕。

"先整脸吧!"老鼠美容师说。

"行。"拉丝躺在椅子上。

"别怕疼,我给你割一道双眼皮。"老鼠美容师举起刀子,"人觉得双眼皮美。"

"那就割四道眼皮吧!"拉丝想,既然双眼皮美,那一定越双越美。

拉丝还真不含糊,为了美,连一声都没吭。

"把你的胡子烫一烫吧?"另一位老鼠美容师建议,"人都爱把毛弄成弯弯曲曲的。"

"好吧。"拉丝毫不犹豫。

"冷烫还是电烫?"美容师问。

"冷烫?电烫?"拉丝不懂。

美容师解释给他听。

"哪种能把胡子烫得更弯？"拉丝问。

"大概是电烫吧！"

"那就电烫。"

几个铁夹子把拉丝的胡子夹住，电烫开始了。

烫完胡子后，美容师们决定把拉丝的鼻梁加高一点儿。由于缺乏经验，这项手术失败了。最后只好从拉丝的尾巴上截下一段，缝在鼻子上。

"尾巴能换个大点儿的吗？像松鼠那样的。"拉丝要求。

"没问题！"美容师们找来一个兔子的尾巴，移植到拉丝的屁股上。

别看兔子尾巴长在兔子身上不显眼，可安在拉丝身上就非常壮观了。

"身上的毛能改变颜色吗？"拉丝问。

"可以，人就喜欢染发。"老鼠美容师立即拿染料去了。

"染什么颜色？"

"黄的吧！"拉丝觉得黄颜色显眼。

转眼之间，拉丝全身上下变成了黄色。

现在，连拉丝也不认识自己了。

拉丝告别了第一代老鼠美容师们，决定去人间闯闯。

四

拉丝的出现，立即震动了人类的动物研究界，继而轰动了整个世界！别说拉丝，就连发现拉丝的那个孩子也出了大名。

作为世界珍奇动物，在几十名便衣警察的护卫下，拉丝被送进一座天蓝色的大厦里。从此，拉丝的命运发生了根本性的转变。

每天，来采访拉丝的新闻记者络绎不绝。他们给拉丝拍电影，拍电视，拍照片，还为他写专访。拉丝还在记者群里认出了他原先的主人。主人为了挤进来给拉丝照一张相，累得满头大汗。早先，拉丝和他在一个屋顶下生活了两年。

拉丝每天喝牛奶，吃山珍海味。还有几个专职护士给他做脑电图心电图，量体温，测血压。拉丝想起他的主人曾经为了做一次脑电图，四处奔走，到头来还是没做成。拉丝觉得当一个普通的人，真不如当一头稀有动物好。

拉丝心满意足了，他过着豪华的生活。几百个专职人员伺候他。全世界的人都通过电视看他。只有外国元首来访问时，才被允许亲眼见他一次，连部长都不行！拉丝已接见过几十位外国元首了。

五

拉丝的地位的变化，轰动了整个老鼠世界，成千上万的老鼠赶到美容院整容。

美容院生意兴隆，老鼠美容师们都发了大财。来整一次容，必须带三斤香肠四斤油炸花生米一斤香油,少一点儿也不行。

老鼠美容院扩建成一座真正的美容院，就在人的美容院下边,和人的美容院同时营业,互不干扰。当然,整容的原料都是人的美容院免费供应的。

所有来整容的老鼠都要求按照拉丝的模样整,这倒方便了美容师们——只要熟练一种程序就行了。

来整容的老鼠越来越多,到目前为止,已经预约到两年以后了。连外国的老鼠也不远万里赶来了。据说,有一只还上过月球呢——他的生活待遇也远远不如拉丝。

兔子的尾巴成了奇缺的物品。美容院为此贴出布告,凡来整容者,需自带兔尾巴。于是,世界上的兔子的尾巴越来越短——都因为拉丝移植的是兔尾巴。如果他移植的是猫尾巴,那就更热闹了。

整过容的老鼠越来越多，他们连做梦都想得到拉丝那样的显赫地位。

六

近来拉丝发现,来看他的人渐渐少了。食物的质量也在急剧下降。体温不量了,脑电图没人给做了。

原来,新发现的像拉丝一样的老鼠越来越多,而且数量增长之快,令人类吃惊。拉丝不新鲜了。

终于,动物研究所决定将拉丝制成标本,作为发现的第一只这种老鼠,留作纪念。

其实,拉丝本可以不死的。只要他逃出去,到美容院把全身染成绿颜色,再换一只狗尾巴,就可以恢复原先的地位。

拉丝被制成了标本,放在动物研究所里。

那些按照拉丝的模样整了容的老鼠一个也没过上好日子。据说,人类已经公布了一条关于消灭新型鼠群的条文。

老虎模特

皮皮鲁
有话说 | 要是你发现和你照相的老虎模型是真老
虎,你会害怕吗?我肯定很兴奋,让老虎换
着姿势和我合影。

一

　　莫克是一只好奇心很强的老虎, 他经常会对着
天上的星星发呆, 他想知道星星干吗能待在天上不
掉下来。莫克的爸爸曾经惋惜地说:"莫克投错了胎。
要是他投个人胎,保准是科学家。"

　　这两年, 莫克家乡所在的山区被人类开辟为旅
游风景区,来风景区玩的游人络绎不绝。

　　最近几天,莫克发现了一件新鲜事。一天上午,
莫克借着草丛的掩护悄悄来到一个旅游点, 他惊奇
地看见一群人围着一只老虎照相。

　　"这老虎像真的一样!"一位游客靠在老虎身旁,

145

一边摆姿势一边赞不绝口。

"原来是假老虎!"莫克恍然大悟,怪不得他从来没见过这只老虎。

"排队,排队,别加塞儿!"维持秩序的人把不排队照相的游客从队伍中拉出来。

等候和老虎照相的人越来越多,价钱也越提越高。倚在老虎身边照10元,骑在老虎身上照20元。

看见这么多人喜欢同老虎照相——而且是花钱——莫克知道人最爱钱,莫克心里美滋滋的。他为自己是一只老虎感到荣幸。同时,莫克对人也产生了好感。

第二天,照相的地方又玩出了新花样儿,让游客穿上武松的衣服,照"武松打虎"的相片。

尽管莫克不清楚武松是何许人,反正他感觉到这武松同老虎有不解之缘。

"这老虎要是再凶点儿就好了。"一个穿着武松服装的小伙子边照边遗憾。

"跟假老虎照相总不理想,我应该去帮帮他们,人家大老远来的。"莫克心想。他决定第二天去给照相的游客当模特儿。

二

当天夜里,莫克偷偷把假老虎拖到草丛里藏起来。天亮之前,他站在了假老虎的位置上,一动不动。

游人陆续来了。排队。开票。排队。照相。

一个四十岁左右的中年人穿上了武松的衣服，手上还拎了一根棍子，他站在莫克身边，摆好了姿势。

莫克不喜欢这姿势，那人抡起棍子，像是要打莫克。

"这虎头要是能偏过来点儿就好了。"中年"武松"惋惜地说。

莫克把头偏过来了。

开始大家没反应过来，还有人喝彩说："真偏过来了！"可当大家看见莫克的眼睛眨巴了一下后，都慌了。

当中年"武松"确定他身边是一只真虎时，立刻瘫在地上——心肌梗塞。

莫克不明白这打虎英雄怎么了，他走过去嗅嗅地上的"武松"。

人群炸锅了：尖叫声，哭闹声，奔跑声，呼救声……

开始莫克还不明白发生了什么事，当他确信人们是怕他时，莫克大感不解了。

"他们不是喜欢老虎像真的一样吗？"莫克呆在原地，"莫非他们还是喜欢那只假虎？"

一群逃跑到草丛里的人发出了频率更高的尖叫声："老虎！老虎！草丛里也有老虎！"

莫克回头一看，草丛里是那只假老虎，夜里莫克把它藏在草丛里的。

"连假虎也怕了？"莫克百思不得其解。

转眼间,旅游区杳无人影。

莫克觉得很扫兴,他看看躺在地上的中年"武松",无可奈何地摇摇头。莫克离开了充当模特的地方。

三

受到惊吓的游人中有三分之一患了精神分裂症,有三分之一大小便失禁,还有三分之一被短跑或马拉松跑教练发现是跑步天才,被选送进国家级训练队。

三分之二受害者的家属不干了,他们控告照相营业者用真虎招揽生意。

公安部门依法逮捕了照相营业者,罪状是:

一、违反《野生动物保护法》,私自捕猎国家一级保护动物;

二、危害他人生命安全,造成严重后果。

好在摄影师精神已不正常,他怎么也想不到假虎会变成真虎,那假虎的肚子里是他亲手塞的草嘛,那草变成肠子了? 被判刑的摄影师不久就保外就医了,倒也没受什么罪。

用真老虎当模特儿照相的新闻眨眼间就传遍了全国,成为人们街谈巷议、茶余饭后、会上会下的侃料。所有街头小报、文摘荟萃之类的报刊都不惜拿出大块版面耸人听闻。什么老虎连着吃了六个人,什么假老虎一夜之间变成真虎,什么夫妻虎双双出击等等。作家们决不放过这一天赐良机,他们由此演绎出了一批获奖又叫座的文学作品：《假虎变真虎之谜》、《虎打武松》、《千万不要上当》、《红绿灯，警戒线》、《虎变》、《草丛中的女尸》、《××旅游区奇案》……一批无名作者由此步入文坛，成为叱咤风云闻名遐迩的大作家。

体育战线拼命表彰几位教练在假期还时刻睁着伯乐的慧眼，面对猛虎的威胁，首先想到的是"冲出亚洲，走向世界"，在大难临头时，还为祖国选拔体育人才。其中有两人到训练队一周就破了全国纪录。

国家训练局人体生理研究所日夜工作，研究一位患过中风、行动需要人搀扶的老者，为何在假虎变成真虎后，奔跑速度接近了世界纪录，把搀扶他的人甩下了整整三公里！

家庭婚姻研究所也不甘落后，他们搜集到了如下资料储存进电脑：一对从未吵过架的恩爱夫妻如何在猛虎面前各自逃命，互不伸出爱情的手；另一对刚离了婚的"夫妻"如何互相谦让，把生的希望让给对方，把死的可能留给自己……

政治思想工作者后起直追，他们要树立一个在危急关头挺身而出与猛虎搏斗的新时代的英雄形象。跑在最后面的五个人成为树立的候选人。经过外调内查，两位年龄在七十以上的淘汰了。还有两位是外国人，不宜树立，以免伤害中国人的民族自尊心，何况还是资本主义国家的外宾，思想觉悟摆在那儿。这最后一个是灯塔、是希望。经过调查，曾经劳教过。

真是一举两得,既可以宣传其勇敢大无畏,又可以宣传其浪子回头金不换,戴罪立功。美中不足是他经过那场灾变后声带出了毛病,从此不会说话,不能到全国进行巡回报告。好在十全十美的英雄是没有的,金无足赤,人无完人嘛。于是,一个与猛虎搏斗致残的英雄人物一夜间出现在各大报上,标题是:《当代武松》。

四

风景区不能荒废。人们经过周密勘察计算,选中了离草丛中那只虎的最佳的距离——既能用望远镜看见、又不会被伤害之处,建起了一座观虎楼。

从此,莫克的家乡又兴旺起来。来观虎的游人乘坐全封闭的装甲车来到观虎楼前,然后鱼贯而入。人们站在观虎楼上,手持望远镜,一边欣赏大自然的景色,一边观赏栖息在草丛中的那只时隐时现的猛虎。

人们都想目睹那只闻名全国的由假虎变的真虎,要提前五个月预约才能登上观虎楼一睹猛虎的雄姿。

莫克从旁边看到这些,觉得好玩,人们从前敢和那只草丛里的假虎相依照相,而今却躲在楼里远远地观望,还感到其乐无穷,真逗。

最最荣幸和感到骄傲的,是那些曾经和那只假虎合过影的人,他们在人们心目中成为英雄,成为当之无愧的武松。

第一次写皮皮鲁

皮皮鲁有话说

郑渊洁是我爸爸,你可能看过不少他写的童话。看他写的随笔大概是头一次吧,郑渊洁的这篇随笔相当于我的出生记录。据说我现在的名气比郑渊洁大,但是他一点儿也不嫉妒我。郑渊洁"生"我时 25 岁,你现在离 25 岁还有多少年?

我第一次写皮皮鲁已经是上个世纪的事了。

那时我 25 岁。

1976 年至 1988 年,我和父母"两地分居"。我在北京,父母在山西省会太原。这期间的每年春节,我几乎都去太原与父母团聚过节。

1981 年 1 月 27 日晚,我乘 187 次火车离京赴太原,那是一列夕发朝至的火车,晚上出发,睡一夜,次日早晨就到太原了。我还记得当时北京至太原的硬卧票价是 16 元。这次假期定于 2 月 19 日结束。去太原前，我决定利用这次较长的假期写一部中篇童话。

我父母家在太原市坝陵桥南街 1 号，那是山西省军区的房产，院子不大，只有南北两栋楼房。北边的楼房是省军区幼儿园，南边是一栋三层小楼，每层两户，一共六家。我家位于三层南侧。这套房子有五个房间，一个厨房，一间储藏室，一条走廊，一间卫生间。

我到家后的最初几天，除了组稿就是看电影。当时我借调在北京一家刊物做编辑，外出自然身负组稿任务。到太原的次日上午，我就到山西作家马烽家向其约稿。由此可见我在假期也没忘了工作。当天下午，我和妹妹郑欣在军人俱乐部看电影《最后八个人》，如今我已记不起这部电影的任何情节了。我家离军人俱乐部很近，属于近水楼台的咫尺距离，于是，看电影就成为那个假期我的主要娱乐活动。那些天看的电影还有《情天恨海》、《永恒的爱情》、《雁归来》和《法庭内外》。这些电影如果今天再看，我估计可能"惨不忍睹"，是年代的原因吗？《魂断蓝桥》怎么就能经久不衰？

2 月 5 日是春节。太原过春节的风俗是串门拜年。从正月初一起，人们就像着魔似的轮番往自己认识的人家跑，你来我往好不热闹，家家都是走马灯式的你方唱罢我登场，场面全都一样：见面拜年寒暄，主人说请坐请吃瓜子花生糖果请抽烟请喝茶，客人说不吃不吃刚吃过不喝不喝刚喝完，话还没说圆乎，又来一拨客人。于是老客告辞,新客落座,重复刚才的内容请坐请吃请喝刚吃完刚喝过……

我家也不例外,人来人往直累得母亲抱怨说脚后跟疼。

眼看着假期一天天过去,"非写不可"的日子逼近我了。我小时候就有一个不好的习惯,放寒假放暑假非到快开学时才突击恶写作业。这个坏习惯一直伴随着我,17年来每月写《童话大王》杂志也是这样,非到临近交稿时才狂写,直累得头重脚轻。我痛下无数次决心要摒弃这种恶习,傻子也明白每天细水长流悠哉悠哉写一点儿多从容多轻松,何必把自己搞得那么紧张甚至株连家人。我写过不计其数的当头棒喝式的"警世恒言"贴在抬头不见低头见的桌前甚至卫生间提醒自己改掉"突击写作"的坏毛病。无奈江山易改本性难移,时至今日,我依然是不可救药。我曾戏言,我写得最多的不是童话,而是"痛改前非"的警示便笺。究其根源,是"车到山前必有路"这类误人子弟的格言怂恿我固守这种恶习。

2月8日是正月初四,"车到山前"的我开始在家构思中篇童话。我想写一部专门给男孩子看的童话,主角是男孩子,其性格顽皮,爱恶作剧,但本性善良,有同情心。

2月10日上午,我开始给这位男孩子起名。我认为童话人物的名字应该与生活中的人的名字有所区别,应该有滑稽的成分,同时很容易被读者记住。由于他是中国孩子，他的姓氏必须是中国姓氏。我给他起了大约七八个名字。在 11 点时，我从中选定了"皮皮鲁"。当时中国大陆有位将军叫皮定钧，我由此断定"皮"是中国人的姓氏。我对皮皮鲁这个名字很满意，他既是板上钉钉的中国姓氏，全名又与普通中国人的名字有所区别，容易引起孩子们的好奇。

2 月 10 日是正月初六，疯狂拜年的太原人已经累得精疲力竭了只有出的气没有进的气了，家家终于清静下来，我家也不例外。我家的客厅和书房二合一在一间房子，写字台亦在这间屋子里。2 月 10 日下午，我趴在太原市的这张写字台上开始第一次写皮皮鲁。作品名称是《皮皮鲁外传——写给男孩子看的童话》。我写中篇作品有个规律，刚开始写时进度很慢，一般一天只有几百字，越到后边写得越快，一天甚至能写到近两万字。2 月 10 日下午，我只写了数百字。

2 月 11 日，我进入了状态，写了九千字。我的写作属于即兴写作，写前虽然也有"构思"，但那构思与作品完成后的故事情节大相径庭。从这天上午起，皮皮鲁开始拽着我走，上天入地，纵横捭阖，直累得我气喘吁吁。

2 月 12 日又写了九千字。这时的我已是身不由己，被动地跟着皮皮鲁走。

2 月 13 日，我写了一万字还欲罢不能，直至感到恶心，四肢无力才放下笔。

2 月 14 日，我发烧了。服药休息一天，晚上退烧。

2 月 15 日，我完成了《皮皮鲁外传》，共计三万字。

至此，世界上多了一个叫皮皮鲁的人。随着时间的推移，这个人青出于蓝胜于蓝，如今知名度大大高于我。有时我偶尔参加社交活动，朋友将我介绍给别人，当朋友说"这是郑渊洁"时，别人无动于衷。可当朋友补说"皮皮鲁是他写的"时，对方的表情立即弃暗投明反应顿时强烈，弄得我又喜又忧。

从那以后，我以皮皮鲁为主人公写的童话已逾百万字。现在，每个星期有数以百计的读者朋友给皮皮鲁写信，他们将心里话向皮皮鲁倾诉，还把自己的照片寄给皮皮鲁。在中国的孩子中，皮皮鲁可能是拥有朋友最多的人之一。我为皮皮鲁高兴。

大约从 1984 年起，媒体送我一个"童话大王"的称谓。说实话，我不喜欢这个称谓。我喜欢的称谓除"郑渊洁"外，还有"皮皮鲁之父"。

到了生育年龄恰逢国家推行"只生一个好"的计划生育政策，作为城里人，用笔生孩子是一种既不违反基本国策又过足了多子女瘾的妙计良方。

《皮皮鲁总动员》还收录了郑渊洁以下随笔：

《第一次安装电话》	见《皮皮鲁和梦中人》
《第一次出生》	见《皮皮鲁恐怖易位》
《第一次写舒克》	见《皮皮鲁和舒克贝塔》
《第一次被盗》	见《皮皮鲁和 419 宗罪》

舒克舌战贝塔

好孩子的标准是听话吗?

皮皮鲁 有话说	舒克和贝塔也是我的朋友,他俩的经历流传甚广。舒克和贝塔舌战过 28 次,他俩从老鼠的角度审视人类。

正方论点:好孩子的标准就是听话。

反方论点:好孩子的标准不是听话。

舌战主持人:鲁西西

舌战正方:贝塔

舌战反方:舒克

舌战评委:《皮皮鲁总动员》读者

鲁西西:朋友们好!评委们好!(掌声)《舒克舌战贝塔》本回合现在开战!

贝　塔：主持人好！百万评委们好！在我们共同生存的这个星球上，不管什么事都有标准。比如在我们老鼠社会，好老鼠的标准自然是能在任何季节任何场所毫不费力地弄到食物。（笑声）在人类社会中，好成年人的标准和好孩子的标准不一样。当美国著名作家亨利·詹姆斯的侄子问他人的一生应该做什么时，詹姆斯说："人生有三样东西是重要的。第一是要善良。第二是要善良。第三还是要善良。"由此可见，好成年人的标准是善良。（掌声）好孩子的标准呢？自然是听话。听谁的话？听父母的话，听老师的话。为什么？因为孩子对这个世界的认识还不那么清晰，对是非把握得还不那么准确，他们需要父母和老师的指引，他们需要富有经验的"过来人"告诉他们如何走人生的路。专家告诫说，孩子是通过成年人认识这个世界的，孩子应该尽可能地多和成年人在一起，而不是和同龄人在一起。人的一生说穿了是一个由弱智到智慧的进化过程。最可怕的场面就是一群孩子整天在一起，以讹传讹。（掌声）这说明了成年人在孩子成长过程中的重要性。有的父母很少和孩子共处，他们这是在人为地延缓自己的后代的智力发育！（掌声）想让自己的孩子将来有出息吗？作为父母，你能做的最重要的事就是尽可能多地和孩子在一起！（雷鸣般的掌声）和孩子在一起干什么？当然是让他听你的话，将你的人生经验毫无保留地向他传授，将你对这个世界的透彻认识明白无误地告诉他！

（掌声）试想，一个不听话的孩子意味着什么？意味着拒绝来自父母和老师的教诲，这好比在漫漫黑暗中拒绝灯光！（掌声）在茫茫大海里拒绝灯塔！（掌声）听话是好孩子的最基本的标准，听话是尊重经验、尊重传统、尊重前辈的体现！孩子听父母和老师的话就等于站在巨人的肩膀上看世界，是事半功倍的人生捷径！（雷鸣般的掌声）不听话就不是好孩子！（掌声）

舒　克：孩子不会永远停留在孩子的年龄，他们必然要长成大人。人的一生是不可分割的，由此也只能有一个标准。假设真的像对方辩友刚才所言，好成年人是一个标准，好孩子是另一个标准，这不等于说人在未成年前有一个大脑，在成年后就该换上另一个大脑？（笑声）好孩子是什么概念？好孩子就是当他（她）长成大人后能成为一个有益于社会的人。有益于社会是什么标准？当然是造福人类，能为他人提供就业机会等等。具备什么样的素质才能造福人类？自然是以下四点：强烈的独立意识；勇于尝试；遇事能够自己做抉择；注重自我形象。（掌声）试想一个人云亦云逆来顺受的孩子长大后能异军突起创造性地造福人类？除非他身上有一个秘密开关，到了18岁就自己悄悄打开，变成另外一个人。（笑声加掌声）三岁看大，七岁看老。好孩子的标准绝不是听话，而是敢于说不！（掌声）我们经常听到形容一个民族是"勤劳"、"善良"、"敢于反抗"、"勇敢"的民族，请问对方辩友听到过形容一个民族是"听话的民族"吗？（掌声)如果有人形容某个民族是听话的民族,该民族不群起而攻之和他玩命才怪!(雷鸣般的掌声)这是最恶毒的骂人话!对方辩友也不会愚蠢到不承认孩子是一个民族的未来,如果该民族的孩子都是听话的"好"孩子,该民族的未来势必成为一个听话的民族。听话的民族的本质是什么?是亡国奴!(掌声加惊叹声)从一个民族对自己的好孩子树立什么样的标准就可以看到这个民族的未来有没有希望!(掌声)孩子可以说不,这个民族的未来必定前程似锦!(掌声)孩子不能说不,这个民族的未来必定暗淡无光!(雷鸣般的掌声)形容一个民族是听话的民族是骂这个民族,那么形容一个孩子是听话的孩子又何尝不是骂这个孩子?!(山呼海啸般的掌声)民族是大海,孩子是大海里的水滴。无数水滴组成了大海。培养什么样的孩子就是培养什么样的民族!(掌声)真正有使命感的人会将听话作为自己的民族的好孩子的标准?除非他是里通外国的间谍!(掌声加笑声)想毁一个国家的最好的办法就是将该国的孩子都训练成为听话的顺从的孩子!(掌声)不错,成年人的经验是比孩子丰富,但经验就都是正确的吗?依我看,成年人积累的人生经验保守估计起码有 40%是错误的,否则怎么会有两次世界大战?(掌声)难道世界大战是"对是非把握得还不那么准确"的孩子发动的?(笑声)否则成年人怎么会图一时痛快如此污染糟蹋亵渎我们惟一的地球?难道污染环境是"对这个世界认识得还不那么清晰"的孩子制造的？（掌声）既然成年人的经验起码有40%是错误的,怎么能要求孩子对大人的话言听计从？这不是以讹传讹？不是误人子弟？不是让人类社会的进程原地踏步？（雷鸣般的掌声）说得对要求人家听话还情有可原,说得不对也要求人家听话不是犯浑是什么？（掌声）我国常山县一位教师让全班学生每人打两位同学各两记耳光,学生们听了老师的话,将同学程水良打成了急性心因性反应和反应性木僵! 如果这些孩子不听老师的话,程水良同学会遭如此荼毒吗?! 时钟已经到了20世纪90年代,在我们的学校居然还会产生这样愚昧的悲剧,这难道不是由于我们的社会将听话作为好孩子的标准造成的?!（掌声）请问对方辩友,当老师命令学生打同学时,学生应该听老师的话吗？

贝　塔:有几个老师会命令学生打同学？对方辩友在以偏概全。99.99999%的老师在命令学生不准打同学!（掌声）学生不应该听这样的话？众所周知,现在世风日下,全世界的青少年犯罪率都在上升,为什么？就因为如今的孩子越来越不听话!（掌声）孩子不听话是青少年犯罪率上升的重要原因之一! 成年人奉劝孩子不要吸毒,他不听话,吸成了废人。成年人告诫孩子不要偷窃,他不听话,偷成了阶下囚。（惋惜声）现代社会离不开纪律和责任。人身上的社会属性比自然属性重要得多, 不像咱们老鼠有自然属性就万事大吉了,想什么时候搞对象就什么时候搞对象,想吃谁家的东西就吃谁家的东西,人行吗?(笑声)1996 年 10 月 23 日晚 9 点,黑龙江查哈阳农场丰收分场初级中学遭受特大火灾,1277 平方米的教室和所有教学设备毁于一旦,使本来教学经费就捉襟见肘的学校蒙受了 24 万元的重大损失。学校不得不停课,上百名学生失学。纵火的竟然是在校学生周志×!(因其 14 岁,故略全名。)理由是烧了学校就不用再写作业再上学了!(惊叹声)周志×决不是一个听话的好孩子,他因为不听话而付出了惨重的代价:有期徒刑八年。怂恿孩子不听话就是将孩子往监狱里推!(掌声)听话的孩子大都遵纪守法,道德智商高。请问对方辩友,你知道什么是 MQ 吗?

舒　克:……很遗憾,不知道。

贝　塔:IQ 呢?

舒　克:智商。

贝　塔:EQ 呢?

舒　克:情绪智商。

贝　塔:我给对方辩友扫一个盲,MQ 特指道德智商。最先提出这一概念的是美国哈佛大学教授兼精神病专家罗伯特·科尔斯。有些成年人只重视孩子的智商,忽视了孩子的道德智商,他们一味将孩子往日后成名成家培养,他们珍惜孩子身上的逆反心理,保护孩子的所谓独立性,结果孩子成了桀骜不驯的人。罗伯特教授告诫普天下父母:品格胜于知识!(雷鸣般的掌声)听话的孩子道德智商普遍高!一个不听

父母话不听老师话的孩子长大能"造福人类"？是造孽人类吧！（掌声）

舒　克：感谢对方辩友给我上了一课，使我知道了什么是MQ！（笑声）独立性和创造性难道不是人身上更应该具备的美德吗？您的那位美国精神病教授没有将独立性和创造性纳入MQ的范畴？美国评教授职称是不是随意了点儿？（笑声）服从和迁就是听话的必然产物，这两个素质的直接后果是千人一面没有个性。父母和老师应该通过培养孩子的独立性和创造性将孩子之间的个性差异扩大。这就好比文学作品，作家最应该做的事是扩大自己的作品同其他作家的作品之间的差异，而不是争取一致。（掌声）试想如果天下的文学作品都一样了，该是何等恐怖的局面？父母好比作家，孩子好比作品，面对自己的作品，父母该怎么做，不是一目了然吗？（掌声）而扩大你的孩子和其他的孩子之间的差异的最好的办法是培养孩子的独立性和创造性，训练孩子不盲从盲信，听话之前一定要分析那话对不对，尊重自己的大脑的思考权。父母一味要求孩子听话是残酷地剥夺孩子大脑的思考权！没有思考权的人等于没有大脑！（掌声）早知如此，何必当初，生孩子干什么？克隆一个自己算了！（雷鸣般的掌声）人类生孩子的根本意义和我们老鼠不一样，不是传宗接代，而是缔造一个和父母不一样的人，缔造一个比父母有出息的人！（掌声）如果你想让你的孩子和你一样没出息或停留在你的出息水平,你就强迫他(她)听你的话,按你的模子复制一个你!(掌声)将听话作为好孩子的标准的结果就是家长克隆自己!白生了白养了这个孩子!一把屎一把尿图的是什么?如果你真想让你的孩子长大有出息,你就千万别对他(她)说下面这句话:"好孩子,真听话!"(雷鸣般的掌声)你应该对他(她)说:"好孩子,有自己的主见!""好孩子,是你对了!""好孩子,这次就按你说的办!"(山呼海啸般的掌声)刚才对方辩友举的 14 岁学生周××纵火焚烧校园的例子恰恰证明了我方观点,请问对方辩友,学校如果允许学生发表不同意见,不是一味要求学生听话顺从,周××会放火烧学校?校方使学生厌学厌到了放火烧学校的地步,目送着未成年的学生被囚车带向远方的监牢,校方没有坐卧不宁扪心自问?老师光要求学生听老师的话,老师就不能听听学生的话?假设周××能有机会让老师听他一回话,老师也许就防患于未然了!(掌声)好学生不一定听老师的话,但好老师一定会认真听学生的话!(掌声)好孩子不一定听父母的话,但好父母一定会耐心听孩子的话!(掌声夹杂欢呼声)

贝　塔:孔子是有世界声誉的圣人,他创立的儒教历经千百年不衰,经受住了时间的检验。我认为儒教的真谛就是听话。孩子听父母的话,百姓听君主的话,万事没有规矩不成方圆!处处与生你养你的父母作对的孩子就一定有创造性和独立性?连父母都不尊重的人能尊重社会？不尊重社会的人能造福社会？连自己和父母的关系都思考不清的人徒有大脑思考权又有什么用?!（掌声）听话不一定是好孩子，但好孩子一定听话!（掌声）请问对方辩友，生活中有这样的父母吗？他对孩子说，今天气温低，你应该穿长袖衣服。孩子不听，坚持穿短袖。于是家长见状欣喜若狂，认定自己的孩子将来必定有大出息!（笑声）又有一位家长不同意孩子夜间外出，孩子执意不听并反驳，那家长闻声欢呼雀跃，意识到自己终于老有所养能够过足给名人当家长的瘾了。（笑声）再有某教师，授课时每讲一句话均遭五十余名学生轮番驳斥，该教师非但不怒，反而大喜过望，进而意识到此班学生轮流获诺贝尔奖只是时间问题，不如先下手为强现在就请他们签名。于是教师满面春风地打开笔记本毕恭毕敬地挨个请学生签名……（笑声）从评委的笑声就能得出一个结论：对方辩友为我们勾画的只是一座在现实生活中根本不可能实现的海市蜃楼!（掌声）听父母的话就是出人头地。听国家的话就是遵守法律。（掌声）好孩子的标准有三个：第一是听话；第二是听话；第三还是听话!（掌声裹挟喝彩声）谢谢主持人和各位评委!（掌声）

舒　克：社会心理学家指出，听话的孩子往往自卑，不听话的孩子往往自信，而自信是一个人成功的必要条件。听话的孪生兄弟是懦弱；不听话的孪生姊妹是勇敢。世界上所有发明创造都是不听话的结果!(掌声)发明创造需要勇气和胆量,需要否定同领域的权威,试想一个事事听话唯唯诺诺的人能挑起发明创造的重任?(掌声)的确如对方辩友所言,在我们的学校里,很难见到老师鼓励学生反驳老师,这正是我们的教育的悲哀!我们缺什么样的教师?就缺在遭到学生的反驳后马上能意识到该学生将来可能获诺贝尔奖的教师!(雷鸣般的掌声)老师让学生为他签名留念时如果没有意识到这个签名可能是日后诺贝尔奖得主的签名,他就不是一个称职的老师!(掌声)不想培养诺贝尔奖得主的老师不是合格的老师!(掌声)培养学生身上的什么素质才能使他可能成为日后的诺贝尔奖得主?独立,自信,机敏,尊严,创造性,想像力丰富……全是听话的不共戴天的死敌!(雷鸣般的掌声)我引用郑渊洁在《奔腾验钞机》里的一段话作为结束语:"这是一个禁忌相继崩溃的时代,没人拦着你,只有你自己拦着自己。你的禁忌越多,你的成就越少。人只应有一种禁忌:法律。除此之外,越肆无忌惮越好。"我再重申一遍:好孩子的标准不是听话!随着时代的发展,好孩子根本就不可能有统一的标准!(掌声)中国有四亿孩子,应该有四亿个好孩子的标准!(山呼海啸般的掌声)如果我们的四亿孩子全是一个样,这个国家就没什么希望了,趁早移民。(笑声)如果我们的四亿孩子四亿个样,保准美国人辗转反侧睡不踏实觉!(掌声)谢谢大家!

鲁西西:时间到,本回合结束。

舒克和贝塔的历险故事比舌战更刺激呢。《舒克和贝塔历险记》收录于《皮皮鲁总动员》之《皮皮鲁和舒克贝塔》。《皮皮鲁总动员》还收录了舒克和贝塔以下辩题的舌战记录：

　　"父母有权力打骂孩子吗？"见《皮皮鲁恐怖易位》

　　"早接触电脑对孩子有益吗？"见《皮皮鲁分身记》

　　"相貌在人生道路上重要吗？"见《皮皮鲁和魔筷》

　　"金钱是万能的吗？"　　　　见《克隆皮皮鲁》

　　"舌战竞技体育"　　　　见《皮皮鲁遥控老师》

　　"有外星人吗？"　　　见《皮皮鲁和车鼠李小二》

　　"解剖早恋"　　　　见《皮皮鲁压缩人生 7 天》

　　"中国人有必要学英语吗？"见《皮皮鲁和巴拉娜》

　　"留家庭作业对学生的身心和智力发育有益吗？"

　　　　　　　　　　见《皮皮鲁和蜘蛛表》

　　"老师和学生或父母和子女应该是朋友关系吗？"

　　　　　　　　　见《皮皮鲁和红鼻子火车》

　　"抽烟是变相吸毒吗？"

　　　　　　　　　见《皮皮鲁和红沙发音乐城》

皮皮鲁和教室里的隐身人

皮皮鲁要告诉你一个秘密，其实每个教室里都有隐身人。皮皮鲁和鲁西西碰巧发现了他们教室里的隐身人，想知道隐身人的秘密吗？千万不要错过《皮皮鲁和教室里的隐身人》，本书同时收录《名画风波》《皮皮鲁外传》《老鼠整容》等童话以及郑渊洁第一次创作皮皮鲁的过程。

· ·

皮皮鲁和梦中人

皮皮鲁在上学的路上碰到昨晚出现在他梦境中的女孩——梦薇。梦薇误入真实世界，并且在真实世界只能存活三十天，只有全世界的人们同时入睡，她才能回到梦世界。皮皮鲁全家决定帮助梦薇完成这个不可能完成的任务。本书同时收录《驯兔记》和《皮皮鲁日记》等精彩童话。

· ·

皮皮鲁恐怖易位

皮皮鲁在一次补习过程中和老师恐怖易位了，思想和老师完全调换。皮皮鲁和老师千方百计要恢复正常。在此期间，老师思想的皮皮鲁学习成绩突飞猛进，皮皮鲁思想的老师实行了真正的快乐教育。本书同时收录《明星求药记》《莫迪达宝塔丸》和郑渊洁2005年最新力作《小汽车和小兰》。

· ·

皮皮鲁和舒克贝塔

《舒克和贝塔历险记》是郑渊洁经典长篇童话。没准你的爸爸妈妈小时候就认识他们俩。舒克驾驶直升机在蓝天飞行，碰到不计其数的离奇事情。贝塔操纵坦克在大地上驰骋，出生入死。本书同时特别收录郑渊洁第一次创作舒克和贝塔的过程。

· ·

皮皮鲁和419宗罪

《皮皮鲁和419宗罪》是郑渊洁为其子编写的十部家庭教材之法制篇，首次结集出版。病菌老大袁猎猎和皮皮鲁联手帮助皮皮鲁的叔叔皮武出任检察长，和419宗罪过招，杀得天昏地暗，日月无光。本书同时收录郑渊洁随笔《第一次被盗》。

· ·

皮皮鲁总动员·银红系列

皮皮鲁和大灰狼罗克

罗克的经历很离奇，涉及人类生活的众多领域。罗克用狼眼观察人类世界。他担任过法官，当过卧底警察，摆过烤鱼串摊，还是《红楼梦》研究学会会长。欢迎你也来用狼眼看人类。本书同时特别收录郑渊洁第一次创作罗克的过程。

皮皮鲁和活车

《活车》的主角是一辆牌照号为M7562的金羊牌红色汽车，活车可以自己驾驶并做出各种高难度动作，多次帮助车主化险为夷。在《活车影帝》中，活车成了电影明星。本书同时收录《大头托托奇遇记》和《气管树》及郑渊洁父子脱口秀。

皮皮鲁和罐头小人

鲁西西在开午餐肉罐头时发现里面没有肉，而有五个火柴大小的小人。鲁西西决定要保护这五个小人。罐头小人各有所长，皮皮鲁和鲁西西带罐头小人一起上学，其经历让人忍俊不禁。本书同时收录《紫鸡蛋》、《第3180号专利》及郑渊洁童话处女作《黑黑在诚实岛》等。

皮皮鲁和病菌老大

全世界的病菌老大叫袁猎猎。三年前，皮皮鲁感冒在家休息，他发现一玩电脑游戏他的病情就会好转。袁猎猎也喜欢电脑游戏，每当皮皮鲁玩游戏的时候，他都趴到电脑屏幕上看。袁猎猎天生喜欢别人为他树碑立传。皮皮鲁受袁猎猎之托，请郑渊洁为他写了这本传记。

皮皮鲁和金拇指

如果你某个手指的指甲长得比其他手指的快，你会怎么想？本故事的主角欧阳宁秀，她利用自己的拇指指甲能预测股票走势炒股，变成了世界首富。有可能你也有会显示股票未来走势的金拇指，而皮皮鲁希望他的指甲可以变成一台微型游戏机。

皮皮鲁俱乐部欢迎你！

亲爱的读者朋友：

你好！我是你们的朋友皮皮鲁，现在诚挚邀请你加入"皮皮鲁俱乐部"！

只要你填写好下一页的《会员注册表》按指定的地址寄到"皮皮鲁俱乐部"，你就可以马上成为"皮皮鲁俱乐部"的星会员啦！你将拥有自己的会员编号和信息档案（我们会为你保密哦），并有权优先参加俱乐部举办的各类活动，同时享受在"皮皮鲁俱乐部"网上邮购二十一世纪出版社所有图书9折优惠呢！（邮费全免哦。）

在《会员注册表》上附有不同的皮皮鲁形象，分银红、橙黄、蔚蓝三个色系，很神气哦！收集好同色系的10个，一起寄回俱乐部，你就可以晋升为SUPER星会员了，除享有网上购书8.5折优惠，你还将获得精美礼品哦；集齐三个色系的全部形象寄回俱乐部，你就晋升为TOP星会员了，除享受网上购书8折优惠、获得精美礼品外，你将有机会参加抽奖。（详情请登陆俱乐部网站。）

还有更多优惠、更多惊喜等着你呢！

快快行动吧，期待你的加盟哦！

皮皮鲁俱乐部

回函地址：北京市朝阳区西坝河南路3号浩鸿园趣园3G　邮编：100028

收件人：二十一世纪出版社 皮皮鲁俱乐部

网址：www.21cccc.com

E-mail：ppl_club@163.com

皮皮鲁俱乐部会员注册表

姓　名:　　　　　　　　　　　性　别:

出生年月:　　　　　　　　　　星　座:

学校班级:

通讯地址:

邮　编:　　　　　　　　　　　联系电话:

E-mail:　　　　　　　　　　　 QQ:

● 你觉得皮皮鲁最大的特点是什么? A.淘气 B.机灵 C.可爱 D.仗义
● 你是通过什么方式知道《皮皮鲁总动员》的?
　　A.同学介绍　　　　　　B.爸爸妈妈告诉
　　C.报纸、杂志　　　　　D.电视、网络　　　　　E. ＿＿＿＿＿＿＿
● 你希望到皮皮鲁主题城市的哪些地方去冒险?
　　A.魔方大厦　B.红沙发音乐城　C.309暗室　D.旗旗号巡洋舰
　　E. ＿＿＿＿＿＿＿＿＿＿＿＿＿＿＿＿＿＿＿＿＿＿＿＿＿＿
● 你最喜欢皮皮鲁故事里的哪个形象?
　　A.皮皮鲁　B.鲁西西　C.罗克　D.舒克贝塔　E. ＿＿＿＿＿＿＿
● 你最喜欢《皮皮鲁总动员》中哪些书?

　　＿＿＿＿＿＿＿＿＿＿＿＿＿＿＿＿＿＿＿＿＿＿＿＿＿＿＿＿＿

● 你对《皮皮鲁总动员》丛书有什么看法或建议?

　　＿＿＿＿＿＿＿＿＿＿＿＿＿＿＿＿＿＿＿＿＿＿＿＿＿＿＿＿＿

● 你希望得到哪一类书籍作为礼物呢?
　　A.卡通类　B.益智类　C.小说类　D.游戏类　E. ＿＿＿＿＿＿＿

同色系的皮皮鲁形象收集好了吗? 赶紧贴在相应的位置吧,有好多精美的礼品在等你拿哦!

	粘贴区	粘贴区	粘贴区	粘贴区
	粘贴区	粘贴区	粘贴区	粘贴区

敬告读者

　　《皮皮鲁总动员》正版图书贴有郑渊洁授权出版的防伪标识,在验钞灯照射下可见隐形底纹。无此标识即为盗版,欢迎举报。一经查实,本社必予奖励。

举报电话:0791-6524997

图书在版编目(CIP)数据

皮皮鲁和教室里的隐身人 / 郑渊洁著.
一南昌：二十一世纪出版社,2006.1
（皮皮鲁总动员）
ISBN 7-5391-3032-6

Ⅰ.皮… Ⅱ.郑… Ⅲ.童话 – 作品集 – 中国 – 当代 Ⅳ.I287.7

中国版本图书馆 CIP 数据核字(2005)第 153398 号

皮皮鲁和教室里的隐身人　　郑渊洁/著

策　　划	张秋林　郑亚旗	
编辑统筹	魏钢强	
责任编辑	黄　震　邱嫔麟	
特约编辑	林　云	
版式设计	魏钢强	
行销企划	邱建果	
出版发行	二十一世纪出版社(江西省南昌市子安路75号　330009)	
	www.21cccc.com　cc21@163.net	
出 版 人	张秋林	
经　　销	全国各地书店	
印　　刷	北京画中画印刷有限公司	
版　　次	2006年1月第1版　2006年1月第1次印刷	
开　　本	889mm×1194mm　1 / 32	
印　　张	5.5	
字　　数	100 千	
书　　号	ISBN 7-5391-3032-6/I·754	
定　　价	13.80 元	

如发现印装质量问题,请寄本社图书发行公司调换,服务热线:0791-6524997